U0115271

文學研究叢書・現代詩學叢刊

在現實的裂縫萌芽

岩上學術研討會論文集

Sprouting from Cracks of Reality: Proceedings of *Academic Conference on Yen-Shang*

蕭蕭・李桂媚　主編

目次

導言⋯⋯⋯⋯⋯⋯⋯⋯⋯⋯⋯⋯⋯⋯⋯⋯⋯⋯⋯⋯ 蕭 蕭　I

物的體系
　──岩上詩中物我關係象徵化的表現方式⋯ 徐培晃　1

一　前言 ⋯⋯⋯⋯⋯⋯⋯⋯⋯⋯⋯⋯⋯⋯⋯⋯⋯⋯⋯⋯ 2
二　以概念化認知的對象為物 ⋯⋯⋯⋯⋯⋯⋯⋯⋯⋯ 3
三　物的象徵意義之聯結 ⋯⋯⋯⋯⋯⋯⋯⋯⋯⋯⋯⋯ 7
四　物我的交涉關係：換位觀照 ⋯⋯⋯⋯⋯⋯⋯⋯⋯ 14
五　結語 ⋯⋯⋯⋯⋯⋯⋯⋯⋯⋯⋯⋯⋯⋯⋯⋯⋯⋯⋯ 23

調解與跨越
　──論岩上詩學與武學的實踐⋯⋯⋯⋯⋯ 嚴敏菁　27

一　前言 ⋯⋯⋯⋯⋯⋯⋯⋯⋯⋯⋯⋯⋯⋯⋯⋯⋯⋯⋯ 28
二　轉化──從有入無，無中生有 ⋯⋯⋯⋯⋯⋯⋯⋯ 29
三　鬆沈──流動於有、無之間 ⋯⋯⋯⋯⋯⋯⋯⋯⋯ 33
四　圓整──「有」與「無」的共生 ⋯⋯⋯⋯⋯⋯⋯ 37
五　結語 ⋯⋯⋯⋯⋯⋯⋯⋯⋯⋯⋯⋯⋯⋯⋯⋯⋯⋯⋯ 42

岩上早期詩論與一九七〇年代現實詩學 ············ 陳瀅州 45

一　前言 ··· 46

二　一九七〇年代現實詩學 ······························· 48

三　岩上早期詩論 ··· 50

四　結語 ··· 54

岩上現代詩的色彩意象 ····························· 李桂媚 59

一　前言 ··· 60

二　交相辯證的黑白意象 ···································· 62

三　觀照生命的紅色意象 ···································· 69

四　小結 ··· 75

填補人生的裂縫
——取岩上的五首詩為例 ···················· 莫渝 107

一　前言 ·· 108

二　五首詩的殊相 ··· 108

三　五首詩的共軸 ··· 114

四　如何美滿？為何裂縫？ ······························ 115

五　結語 ·· 118

岩上生態詩綜觀 ································· 謝三進 129

一　前言 ·· 130

二　臺灣生態詩發展與笠詩社 ···························· 130

三　岩上生態詩創作階段分期 ···························· 136

四　岩上生態詩的類型分析 ······························· 143

　　五　結論 ··· 149

岩上兒童詩自然論 ······························· 葉衽榤　153

　　一　以詩人風格探索文學史歸屬 ················· 154

　　二　以自然取向形成童詩的意象 ················· 158

　　三　自生活感受攫取童詩的元素 ················· 162

　　四　再定錨文學史中的岩上風格 ················· 166

意在筆先
——《岩上八行詩》與其英文翻譯之研究　陳徵蔚　177

　　一　譯詩之難 ···································· 178

　　二　詩的語言與形式 ···························· 182

　　三　《岩上八行詩》的英文翻譯 ················· 184

　　四　結語 ·· 192

詩與散文的遞延互涉
——論岩上《綠意》的詩性語言造異 ······· 陳鴻逸　195

　　一　前言 ·· 196

　　二　書寫的潛抑歷程 ···························· 197

　　三　遞延與互涉 ································· 199

　　四　詩性語言的造異／藝 ························ 203

　　五　持續寫著的路上（代結語） ················· 209

「在現實的裂縫萌芽
——岩上學術研討會」後記 ··············· 李桂媚　213

作者簡介 ··· 215

導言

蕭 蕭

明道大學特聘講座教授

　　岩上，本名嚴振興，一九三八年九月二日出生於臺灣嘉義，長期生活在南投草屯地區。臺中師範、逢甲學院畢業。曾任中小學教師，並從事堪輿學、命理學研究，太極拳教學，是詩人群中最接地氣、人氣、山林氣的一位。

　　岩上一九五五年開始接觸現代詩，一九六六年參加「笠」詩社，一九七六年與王灝等人創辦「詩脈社」、發行《詩脈季刊》，一九九六年起擔任《笠詩刊》主編。是臺灣詩壇日據時期詩人林亨泰、桓夫、詹冰之後的新一代詩人，與白萩、趙天儀、楊牧、林煥彰等同輩詩人各自嶄露頭角。

　　岩上深知「詩的可恨在於無法完全掙脫現實的枷鎖」，「詩是生活裂縫中綻開的花朵」，「詩不是現實物也非超現實的幽魂，而是現實與超現實所組織的本體」。因此，他的詩作從早期年少抒情、感懷之作，擴展到生活觀察、土地關懷、社會批判，及於氣的運行、生的感悟，詩是他自我生命與臺灣社會的救贖。

　　二〇一八年九月一日（週六），岩上八十壽辰前夕，由臺灣詩學季刊社、明道大學、南投縣政府文化局等單位，聯合舉辦「在現實的裂縫萌芽：岩上學術研討會」，委託臺灣詩學季刊同仁李桂媚全權規劃，徵得九篇論文，一年後終能付梓成書，敦請萬卷樓圖書有限公司

發行海內外，此一壯舉，我從草創即已參與，備感慶幸。

這九篇論著均由青年學者敲鍵、尋思而得，一峰一嶺都能見出岩上風華。如徐培晃〈物的體系──岩上詩中物我關係象徵化的表現方式〉，即從岩上所屬笠詩社所強調的「即物主義」著手，審視岩上詩中物我連結、主從關係，所能達成的象徵化效果。岩上愛女嚴敏菁的〈調解與跨越──論岩上詩學與武學的實踐〉，即從岩上對堪輿、命理、太極拳的涉獵，理解岩上在「有」「無」之間的流動、轉化、共生，見證岩上獨特的詩學與武學的圓融。陳澄州的〈岩上早期詩論與一九七〇年代現實詩學〉，則將岩上從詩人的位置移往詩評家的位置，釐清他的現實詩學是在現實與超現實之間調和，是現實世界與心靈世界的調和，甚至於呼應了嚴敏菁的「有、無之間」的調和。研討會策劃人李桂媚則以他擅長的色彩學，論述〈岩上現代詩的色彩意象〉，聚焦山野自然人岩上詩作的黑、白、紅意象，以藝術、易經堪輿、太極拳為養分所開展出的生命的感悟。

與岩上長期同為笠詩社同仁的詩人莫渝，知之甚稔，選擇了岩上代表作〈星的位置〉、〈松鼠與風鼓〉、〈臺灣瓦〉、〈舞〉、〈更換的年代〉五首，印證岩上詩觀「詩的創作從填補人生的裂縫開始」，探究這五首詩的殊相與共軸，為實際批評、岩上人生提供了有力的見證。年輕詩人謝三進則以〈岩上生態詩綜觀〉為題，討論岩上生態詩的創作進程、意旨，見其生態詩的深度、廣度，以及與臺灣生態保護意識的呼應。另一位年輕學者葉衽榤則從〈岩上兒童詩自然論〉的視野，說明岩上的創作方法俯應西方的自然書寫（nature writing），也神似司空圖《二十四詩品》的「俯拾即是，不取諸鄰」的自然品項，為岩上的「童詩創作」定位。

最後兩篇論文，陳徵蔚就其英文翻譯的長項，論述岩上《岩上八行詩》及其英文翻譯，以「文化研究」的角度，探討中、英文的語言

差異，及「意義」與「形式」在跨越語言時可能面臨的挑戰，擴大了岩上詩研究的範疇。相類近的論文則是陳鴻逸的〈詩與散文的遞延互涉：論岩上《綠意》的詩性語言造異〉，發現詩與散文的互涉作用，勾勒出文體間的異反，再次開拓岩上詩研究的範疇。

　　岩上風華，從此略見端倪，並以此寄望未來岩上的創作與岩上研究，更見高峰。

二〇一九，五四百年之春夏之交

物的體系
——岩上詩中物我關係象徵化的表現方式

徐培晃

逢甲大學國語文教學中心助理教授

摘要

當前闡述岩上寫物之詩、乃至於即物主義的詩作，大多數是從主義、主題的面向著手，本文則以此為基礎，希望能進一步探討，如何能達到詩意的象徵。

為此，本文分三部分進行討論。首先界定「物」的指涉，因為主題的揀選會直接影響表現的手法，並藉傳統詠物詩為參考的座標，彰顯岩上的特出之處。其次則探討，傳統詠物詩以描寫物與時空環境的形象為基礎，進而追求物類系統的象徵效果；岩上則不以描寫為尚，轉而重視理念的推衍，並架構個人的象徵系統。最後則闡釋，岩上藉由換位思考的方式，重新審視物我的關係，或者更換發聲位置，擬物代言；或者調動主被動、主客觀的物我連結，藉由主從關係的交流，促成對敘事結構的多線暗示，藉以達成象徵化的效果。

關鍵詞：現代詩、岩上、即物、詠物、象徵

一　前言

　　阮美慧嘗以「現實詩學」為切入點，探討「笠」詩社的取向，並
提出所謂「現實詩學」應具備的特質：

> 詩在追求「形式技巧」之外，必須具有高度的現實關懷，同
> 時，要能站在批判反省的立場；詩不該只在個人內在靜態的世
> 界想像，而是可以介入社會，具有改變外在現實的作用……
> 「現實詩學」的內在精神，不只是純粹呈現、說明、解釋其現
> 象的無能為力而已，而是作為更貼近「真實」的一種具體的揭
> 露。……努力反轉這樣的無能為力，去超越它，並提出積極的
> 希望。[1]

阮氏也深知，「到底『現實』所指為何？在臺灣文學研究者的詮釋
下，恐有很大的歧義。」[2]

　　但從另一面來說，詩如何反映現實，這始終是戰後臺灣詩學的大
哉問。是以不論是紀弦的現代派標舉橫的移植，或是藍星詩社倡言兼
容傳統，乃至於繼起的「創世紀」、「笠」，都在民族、時代、在地的
大呼聲底下，不斷探索這個問題：詩與現實的關係。並且都自許能以
藝術的涵養反映現實。

　　職是之故，阮氏以「笠」詩社為標的，從主題、功能、態度三個
層面探討現實詩學，指出在主題面上，應當與社會現實相關。從功能
面上來講，應當能「介入社會，具有改變外在現實的作用」。從態度

1　阮美慧：《戰後臺灣「現實詩學」研究：以笠詩社為考察中心》（臺北市：臺灣學生
　書局，2008年8月），頁17-18。

2　阮美慧：《戰後臺灣「現實詩學」研究：以笠詩社為考察中心》，頁17。

面上來說，一方面是要反映現實，另一方面則應該超越現實的苦痛感，「努力反轉這樣的無能為力，去超越它，並提出積極的希望。」

本文便是在此基礎之上，進一步探討，笠社詩人如何以藝術創作達到反映現實的目標。簡言之，便是從題材、技術的角度切入，綜合討論現實詩學的藝術表現特質。

為使討論聚焦，本文首先以笠社詩人岩上為討論對象。岩上曾擔任笠詩刊主編，創作不輟，詩與詩論俱豐，誠為具代表性的觀察對象。

其次，所謂「現實」的義界人言言殊，為免失焦，本篇單就寫物的詩作切入，從「人—物」探索「人—現實」的互動。

最後則探討岩上寫物之詩的表現手法。既言為詩，便應該著重藝術表現的形式，創作者的意志取向，將題材、形式綜合鑄成個人化風格的詩作。因此，本文以題材為觀察點，著重討論詩人如何藉由主體意志的物我聯繫、敘事結構的多線暗示，達成詩的象徵。

二　以概念化認知的對象為物

（一）物的義界

岩上自言：「我們只要抱持著與萬物共存的觀念，則一草一木，一花一果，均可以入詩。」[3]。所謂「與萬物共存」的內裡，即是「我」—「物」二端對舉，亦即是指「對象」，在這樣的廣義的眼光下，凡所觀照皆可稱之為物。再者，具體落實入詩之際，容有徑路之異。所謂一草一木一花一果均可入詩，是以草木花果為書寫的主體？抑或是以自我的感發為主體，草木花果則為入詩的素材？這當中不僅是題材揀選的差異，還進一步延伸為主客觀的定位。

3　岩上：《岩上八行詩》（臺北市：釀出版，2012年10月），頁146。

為了讓討論更聚焦，先從題材來看，既言與萬物共存，則所謂物者，所指為何？

以《岩上八行詩》為例，曾進豐認為全輯皆為詠物詩[4]；王灝則以即物詩目之[5]。然則如果與傳統的詠物詩相較，立刻能看出岩上選材的特出之處。

林淑貞據《佩文齋詠物詩選》將傳統所詠之物，分成人物、非人物（人文器用、自然）兩大類，再以此下分子項。[6]考諸《岩上八行詩》篇目，〈樹〉、〈河〉、〈椅〉、〈杯〉、〈屋〉、〈雲〉、〈霧〉、〈暮〉等篇什，固然是傳統慣稱的詠物。

然則真正引人關注的篇目，是逸出傳統義界之外的作品——〈舞〉、〈站〉、〈歌〉、〈推〉、〈飛〉，這些題材則更接近是行動的狀態，是否以物觀之，饒富深趣。乃至於〈淚〉、〈血〉、〈夢〉、〈手〉、〈臉〉、〈耳〉、〈疤〉，將此等目之為物，則隱含著物我分界的位移，與慣用的義界不盡相符。

溢出古典的範疇，當然顯現出當代藝術家的創發，此間不僅是題材的開拓，更重要的是，在義界何為物時，同時也流露出藝術家看待世界的眼光。

---

4 「《岩上八行詩》共六十一首，均為詠物詩，皆是單字命題、兩行成節、四節成篇」見曾進豐：《經驗與超驗的詩性言說──岩上論》（臺北市：秀威資訊科技股份有限公司，2008年1月），頁28。

5 「分開來看是一首一首的即物詩……我們可以說這六十一首詩大部分是以物為外相，事實上都是討論人的存在樣態，都是從人的角度來投射。」見王灝：〈試說岩上八行詩中的形式意義〉，收入於《岩上八行詩·附錄》，頁188。

6 《佩文齋詠物詩選》共收入14580首詩，分486類。林淑貞將之重新分類，首先分「人物」、「非人物」兩大類。人物類以宗教、職業為主，如僧道農樵等。非人物類則又再分為「自然」如天文天候節日山石草木蟲魚等、「人文器用」如建築衣飾文書樂器等。詳見林淑貞：《中國詠物詩「託物言志」析論》（臺北市：萬卷樓圖書股份有限公司，2002年），頁99-145。

（二）物的概念與功能

　　所謂「抱持著與萬物共存的觀念」，傳統詩學底下，不論是有我、無我之境，都是處理主體與對象、以及所處的時空環境之關係。然則，〈臉〉、〈耳〉、〈疤〉等，則將個人的整體，分割成不同的部分，形成自我的對象化，進而再加以概念化。以〈臉〉為例，一旦將指涉的對象（臉），套進原有語句中，竟然成為「抱持著與臉共存的觀念」，頓時彰顯，所謂萬物，隱含著概念化的對象。〈臉〉[7]全詩如下：

　　　　歲月沒有年輪
　　　　歷經的腳印全刻烙在臉上的紋溝

　　　　世事詭譎容不下單一的面目
　　　　所以有許多異樣的臉譜

　　　　嬰兒的美潤轉換為老朽的縐醜
　　　　那只是一瞬間的事

　　　　對不同的人事裝扮不同的臉
　　　　你需要很多臉嗎？不要臉

從詩中可以發現，詩中是以「臉」的概念入手，不僅與敘述者本身無關，甚至也不屬於任何人。全篇由兩條線索環繞，一是時間的變化，雖說「歲月沒有年輪」但是當「嬰兒的美潤轉換為老朽的縐醜」，便彷彿在臉上留下年輪。第二條線索則是人情的變化，人生在世，不得

7　岩上：《岩上八行詩》，頁66。

不與世推移，在扮演不同腳色、面對不同情境時，當然也就呈現不同的臉色姿態。

正因為是概念化之物，所以不涉及特定的形象，當然也不會是個人的經驗，以概念化之物，指向概念化的共通經驗。

與此類似，〈疤〉一詩當然不是具體個別的疤之形狀顏色；也不會是個人身心傷疤的形成經驗，而是對「疤」的共同概念：「既已成疤，就不要再去／挖傷，否則再度流血」。

相對於概念化，另一潛在的條線索，則是功能化。

以〈夢〉為例，所謂「夢」也者，虛無縹緲，非屬「物」的範疇，當然也無從描形，大多是以夢醒之間的虛實情境入詩，以夢為主題者，大多是在寫夢境。然則岩上〈夢〉則是以夢的概念為主軸，藉由概念化的共通經驗，再佐以物之用，強調夢的功能，最後才是將概念、功能賦予比擬化的形象。全詩如下：

> 生活像斷層的谷底
> 夢讓我們走進了森林
>
> 森林的廣闊深邃而迷人
> 驚喜如夜鶯的眼神望向遠方
>
> 夢的翅膀與現實的距離
> 一振翼一出美感
>
> 夢裡夢外
> 分割著生命的傷痕

全篇顯然著眼於夢的功能，夢能讓我們從生活的谷底中，峰迴路轉，走進森林；夢能從現實的生活中拉拔出距離。全詩著眼於夢的功能，而這功能正是概念化的基礎，至於森林夜鶯振翼等等，與夢的情境無關，僅只是概念化之後的比擬。換句話說，對於概念化之物，形象的描寫其實是一種譬喻。

類似的手法也可見〈夜〉，藉由夜的功能，「你將窺見陽光之下／無法捕捉的清醒如精靈的跳躍」；〈推〉更直接瞭白的講：「推來推去無非想／推成一攤清水，不沾是非汙濁」；〈飛〉：「想飛就得飛出自己的影子……飛的形如同鳥的翅膀／形的變化不是飛的本體」。

由是可知，雖然詩家自稱希望能「與萬物共存」，然則言下所謂的萬物，遠不只傳統認知的一草一木而已，認知的眼光決定了揀選的內容，岩上是以概念化的認知作為對象，再將此對象納入萬物的範疇。在這樣的眼光下，所有的狀態、感知、只要能加以概念化，都是萬物，不僅影響了題材的揀選，同時也牽動詩作的表現方式。

三 物的象徵意義之聯結

針對《岩上八行詩》，作者表示，有意效仿六十四完整易數；除此之外，岩上又自言：「漢字一個字的結構就是一首詩，我更從字的意涵與物項的指稱來反觀自我，則日常事物均有我，也皆有詩。」[8] 從易數易象、漢字結構、日常事物，最後歸諸於詩，詩家言者，乃是物與物、物與我的象徵性聯結，並以此擴充為是間萬有，視同為詩性的發散。

就易數易象而言，天地水火風雷山澤，以六十四卦之序象徵世間

8　岩上：《岩上八行詩》，頁147。

的流轉變化，週而復始。然則象與意之間的聯繫，充滿了象徵式的詮釋空間，卦辭爻辭既在解釋其象徵的意義，然而也在解釋、比擬之間，又派生出詮釋的形象。

就文字言，漢字的象形指事會意形聲，也是象與意的繁複組合，一個字的組成本身就是概念交織的詮釋。再者，以字為切入點，思考「字的意涵與物項的指稱」，能指所指，當然也就帶有以此象徵彼的意味。

由此可見，岩上從易數、漢字之形象，延伸至詩，重點在於象徵性的聯結，由具象昇華到抽象，詮釋其意義。

換句話說，這樣的切入點，是針對概念化的形象，而非形象本身，因此，與古典詠物寫物的範式相參差，下文便從兩點加以比較：一者從敷陳其事走向理念推衍、二者從物類系統走向個人系統。

（一）從敷陳其事走向理念推衍

林淑貞將詠物詩「觀照物象的進程」劃分為三階段：一、指物成形，刻畫惟肖。二、離形得似，傳神寫照。三、超以象外，得其環中。與此對應，則是形似、神似、隨形賦物三個層次。[9]

由是觀之，詠物詩是以形似為基礎；進而希望能超越個體的形象，契入精神面，也就是接通大眾在形象面、文化面，對物的共同概念；再進一步則希望能進入象徵的層次。

也就是說，形似才是詠物的基礎，必須先敷陳其事，以形象化為基礎。

相較之下，在岩上的詩作中，當然也不乏形象生動的描寫，例如〈鯉魚潭〉「群山俯身倒臥下來／注視著潭身」以擬人化的方式，描

9　林淑貞：《中國詠物詩「託物言志」析論》，頁52-67。

寫靜態的水面的倒影。〈蘭嶼之歌（一）〉「原木雕鑿之聲啄啄／舉手
／投足／丁字褲夾舞步嘩嘩而起」描寫動態的樂舞，一方面以啄啄嘩
嘩擬聲，二方面又以斷句的方式活化舉手、投足的用語，三方面將樂
舞的形象佐以原木雕鑿、大海嘩華的比擬。

　　然則在很多時候，岩上卻選擇越過指物成形的描寫，直接切入概
念化的形象，以〈陶之曲（一）〉[10]為例，全詩如下：

　　　　虛無來自塑造的千手
　　　　千手來自泥土
　　　　泥土來自大地
　　　　大地來自靜止的存在
　　　　存在來自靜止中的旋動
　　　　旋動來自脈搏
　　　　脈搏來自心中的顫律
　　　　顫律來自你的我的他的
　　　　四面八方的圓圓圍住的
　　　　漩渦的注視

　　　　注視中的寂靜
　　　　請勿撥動
　　　　那是一泓深潭的水

本篇以陶為主題，然而無法明確看出陶的器形；就製陶來說，拉坯的
過程描寫得非常籠統，對於製作的流程：製土、定中心、開口、擴

---

10 岩上：《針孔世界》（南投市：南投縣政府文化局，2003年），頁77-78。

底、拉高、造形、縮口、修口、脫胚、修坯，形象模糊，當然也看不出器具、手法等細節。就製陶師的形象而言，同樣不甚清楚。

由是可見，〈陶之曲（一）〉直接越過具象描寫的步驟，試圖直接契入概念的層面，以「虛無來自塑造的千手」破題，所謂虛無也者，當然不是說陶／製陶的無所有，而是指向「致虛極，守靜篤」的精神層次，將此環環逆推，「萬物芸芸，各復歸其根」，千般手法、製成，源於泥、地，導向靜，又指向心，最後歸於「注視中的寂靜」。

進一步說，全篇乃是以理念為前導，再依理念的推衍，賦予可強可弱的形象化，有時形象具體，如「一泓深潭的水」，有時形象單薄，如「注視中的寂靜」。在走出「指物成形，刻畫惟肖」的詠物典律手法之後，轉以概念的陳述為首重，藉由概念層層推演的內在節奏感取勝，概念的推演、配合類似的句勢，在重複中蘊含變化，轉以動態的節奏感達到詩的審美效果。

（二）從物類系統走向個人系統

傳統詠物詩的描寫，不僅是敷陳其事而直言之，更進一步試圖讓物與所處的時空環境彼此連結，形成一整套象徵系統。對此，鄭毓瑜以物／類為觀察的視角表示：

> 不問「物是什麼」，而是問「物如何在」；重點不只是聚集了多少「物」，而在於是否串連了「類」的展示。

> 天地之間的「物類」或「物體系」，因此不是孤立陳列，而是相與流轉；變異不是為了分離，而是為了跨越類別（「若磁石引針」）、跨越時空距離（「若周時獲麟，乃為漢高之應」）而相

互接合。[11]

由是觀之，所謂詠物的描寫，著重於將所處的時空、連結的物類，共同組成一套意義系統，是以能從個別的物，藉由物類間的支援感應，進一步與文化象徵相應。

以此考之古典詠物詩，林淑貞列表整理時分為：物類－物性或特色－托物言志之取義。[12]詠物詩即是環繞著言志取義的文化象徵系統，繫連物類的體系。即便是追求自出機杼，也是以傳統的象徵體系為座標，「逆反傳統用法，形成新的意義」。

至於岩上的手法，完全異乎是。

雖然同樣是追求超越性的意義、甚至同樣著重語文背後的文化面，但是訴諸實際的寫作，詩人既然不以描寫物的形象、物所處的時空環境為主力，當然不易構成文化象徵系統的物類體系。換句話說，岩上以概念化認知的對象為物，也就是轉向主體的觀照方式，走向個人化的系統。

考諸岩上所言：「漢字一個字的結構就是一首詩，我更從字的意涵與物項的指稱來反觀自我，則日常事物均有我，也皆有詩。」進一步來講，即是將物－字－我三者聯結，透過文字符號的中介，一方面聯結物與字所只能指的關係；另一方面，也是透過符號的作用，確認我對物的認識、我在物之間所佔的聯結位置。

值得注意的是，乍看之下符號式的認識論，真正的重點，其實是「均有我」，落實在詩作的表現上，是個人式的系統，更接近陳千武

---

11 鄭毓瑜：《引譬連類：文學研究的關鍵詞》（臺北市：聯經出版事業公司，2012年9月），頁236、243。
12 林淑貞：《中國詠物詩「託物言志」析論》，頁147。

所言「追求原始語言創造新的詩的語言……追求原始的語言」[13]的說法，陳芳明認為即是「最原始的感覺才是意義的終極歸宿」、「超越語言的迷障，而直指內在的感覺」。[14]

更明白的講，雖然是以物為出發點，但主體才是重點。以〈海〉[15]、〈海洋的屋頂〉[16]為例，全詩如下：

> 沉潛到內臟的底層
> 屏息
>
> 你就知道
> 真正的寧靜　　　〈海〉
>
> 海洋的
> 屋頂，呈現人類欲望的
> 波濤，粼粼的對應海底的寧靜
>
> 魚類的
> 鱗片，被沉壓在鹹水的深淵硬化
> 擺動，不停的鰭尾以求生
>
> 人類的

---

13 陳千武語。見陳芳明：《臺灣新文學史》（臺北市：聯經出版事業公司，2011年），頁503。

14 陳芳明：《臺灣新文學史》，頁503。

15 岩上：《針孔世界》，頁91。

16 岩上：《針孔世界》，頁106-107。

　　面具，仿照海洋不安的

　　激情，覆蓋時時轉換角色的臉龐

　　一波又一波的

　　浪花

　　我們可以丈量

　　海的深度

　　一層一層的

　　浪瓦

　　自己如何探測

　　心底的惡源　　　〈海洋的屋頂〉

在〈海〉一詩中，將海的深沉，與人身的內在直接對位，再將潛入海中的形象，比附傾聽內在，從物到我（身）、從身到心，省略了敷陳其事的步驟，直截的比附。

　　對讀者來說，如果直接看內文，則無法反推回詩題，單看詩題，也難以一窺端倪，只能依循文本的步調，從詩題到內文，跟著概念推演的步驟走，在亦步亦趨中體驗心領神會的樂趣。

　　再與〈海洋的屋頂〉相參看，則可發現，本詩同樣是以海的深邃比附人心的深沉——作者有其看待物的眼光，形成自己的象徵。詩中將大海表層的浪，比擬為人類變化翻覆的面具，人性不可探測的深沉處，可能是寧靜歸處、也可能是罪惡的源頭，人心也就在寧靜與罪惡間苦苦掙扎。

　　進一步來說，既然是自我的象徵系統，那麼，所謂字、物的本身都只是觸發點，例如「擺動，不停的鮨尾以求生」，鮨尾不論是指鰭尾、或是鮨魚之尾，都與慣用詞不符，屬高度個人化的表現方式；

「浪瓦」一詞，當然也是奠基在「海洋的屋頂」的譬喻上，自鑄新詞。連帶的，「擺動，不停的鮨尾以求生」句法也甚為拗口，藉以表達生存的曲折。

整體來看，就物類的系統來說，〈海洋的屋頂〉比諸〈海〉明顯豐富許多，兩套系統：〈海〉只談人類、面具、臉龐；〈海洋的屋頂〉則點出海洋、海底、波濤、魚類、鮨尾，有更從容的餘裕能交織呼應。換句話說，重點不在於是否走出古典的物類體系，而是能否建構出自我的象徵體系。在走出文化的比興聯類之後，乍看之下有更開闊的空間，予人出乎意料的樂趣，但同時也失去了舉一隅而以三隅反的支援，必須自出機杼。然而，書寫的對象物，終歸是置諸我所架構的象徵體系之內，因此，展現物、展現象徵體系，亦即是展現我所認知的世界，當然也是自我的展現。

四　物我的交涉關係：換位觀照

岩上在《岩上八行詩・後記》自言：

> 以新即物的手法表現了特質和我的觀照。我的詩想較接近於對
> 人生哲思的感悟。

我與物的對流或換位，在詩中處處有我的存在，但不做太多個人性的殊相奇想，而盡量還原物項的本體共相特質，在物我交媾之間尋求詩的要妙。[17]

我們分別從目標、手法、物我交涉關係三方面仔細審視詩人所

---

17 岩上：《岩上八行詩》，頁146。

言。先就目標來看，所謂「還原物項的本體共相特質」，說是還原其實更接近是追求，從特定的物象中，尋求、賦與超越的意義，經由藝術的表現方式，進而昇華為象徵。

其次就手法來看，所謂「不做太多個人性的殊相奇想」，殊相奇想這樣籠統的說法，其實是針對寫景、造境來談。具體之物，必有其個別所在的時空環境，因此，所謂捨棄個人性的殊相奇想，尤其是針對以殊相奇想造境而言，避免以高蹈的聯想，揣摩虛構的情境。

第三從物我交涉關係來說，古典的詠物詩藉由物所處的時空環境，象徵生存的處境，進而緣情、言志，達到抒情的象徵效果。岩上則是強調「人生哲思的感悟」，著重我思、我在。簡單來說，古典詠物詩較接近追求「物我合一」的觀照方式，岩上則表明是以「我與物的對流或換位」的立場，簡言之，即是換位思考。以換位思考的方式，拓展生命經驗，進而達到詩家所謂的「事物均有我」，這樣的「人生哲思」當然也帶有濃厚的感性意味。

（一）發聲位置的換位

岩上自言，藉由「我與物的對流或換位」，達到「在物我交媾之間尋求詩的要妙」。換句話說，物我關係詩的對流或換位，不僅影響發聲主體的位置，同時是完成詩語言的關鍵。

至於何謂對流或換位，我們可以用〈抗議的抗議〉、〈鏡子〉分析其不同的手法。首先就〈抗議的抗議〉[18]來看，本篇乍看詩題與物無關，實際上，是以「蛋」為發軔，表達弱勢生命的抗議；全詩最醒目的特色，就是以「蛋」做為發聲的位置。全詩如下：

---

18 岩上：《針孔世界》，頁172-173。

飛過拒馬

飛過警察圍堵的盾牌

飛過人群

飛過圍牆

雞蛋一顆一顆像炸彈

炸在你的臉上

炸在門窗上

炸在牆壁上

抗議的憤怒

隨著蛋液和蛋殼的碎片

流淌下來

用我們軟弱未出生的

渾沌的胚胎

作為攻擊的工具

是的

我們是無知的

無法辨認黑白

而我們一顆一顆握在你們的手中

要我們一個一個生

一個個墜地而死

蛋⋯⋯⋯⋯⋯。

被人擲蛋的渾蛋

我們的無辜

向誰抗議

　　母親啊

　　繼續在籠子裡拼命地生蛋吧

本篇先描寫擲蛋抗議的場景；其次以「蛋」做為發聲的位置，抗議自身的價值、功能、乃至於存在，都被掌握在他人的手中；最後則呼喚無能為力的母親，只能屈從生存的環境。回顧上文所述，岩上寫物的特色，不在於描寫，因此，抗議的場景是簡白的速寫，不做細膩的渲染，時空的立體感偏弱。同樣的，在象徵意義的揀選上，蛋—抗議，二端的連結，也是非常當代表現方式，岩上透過場景的速寫、獨白的語調，嘗試建構出概念化的聯結。

　　本詩最醒目的特色，是主體位置的換位，以物做為發聲的位置，藉由獨白的語調，促成兩個美感效果。第一，以新的視角，重新感知世界，藉以拉鋸出陌生化的新鮮感，回應美學的準則——透過表現形式的轉換，讓熟悉的世界再度變得陌生，製造出心理距離，延長審美的時間，通過文字重新認識描寫的對象，讓鈍化的感知更新，亦即是重新認識世界。

　　第二，則是透過更換發聲位置，將強勢—弱勢二端的聯繫，擴展為強勢—弱勢—最弱勢三者，將「蛋」置諸最弱勢的發聲位置。換句話說，透過發聲位置的換位，強勢—弱勢、弱勢—最弱勢，這兩套關係成為連動的譬喻。強勢霸凌弱勢，正如弱勢霸凌更弱勢，反過來說，最弱勢者的處境，也正是弱勢者的處境。回到詩作來看，弱勢者也如同蛋一般被擲飛、被砸碎、被當成軟弱、被作為攻擊的工具、被認為是無知的、無法辨認黑白、生命被握在強勢者的手中。在這過程中，即是一步一步否決弱勢者的意志力、主體性、知識、辨別力，進而試圖接管弱勢者生命的價值。

　　由是觀之，發聲位置的換位，不僅僅是一種新鮮感而已，透過換

位的比擬，才強化物象徵的意義，尋得詩的質感。關於如何達到象徵的「詩意取向」，楊大春表示：

> 物質性或精神性的符號制約著人們的想像力或創造性，而象徵的「詩意取向」卻開啟了另一個維度……儘管隱喻理論揭示的是「轉喻」（或話語的辭格）問題，而敘事理論揭示的是文學的「類型」問題，但它們兩者產生的意義效果都指向「語意創新」這一中心現象。真正來說，隱喻理論和敘事理論建構的都是某種詩學，都指向生存經驗的升華[19]

所謂隱喻理論，即是「呈現為『看來像』形式意義的創新」。所謂敘事理論，即是「用『情節』更一般地顯示敘事轉化的對象，揭示世界的重新形塑──它歸納出經驗的新結構」。[20]

職是之故，透過隱喻和敘事，同樣都能達到詩意的象徵，然而因為個人秉氣不同，各有偏好。顯然在岩上的詩作中，從表面上來看，並不是透過選擇軸的替換，以隱喻的效果，達成詩的取向。

岩上寫物的特色在於，透過特定的視角，藉由觀照位置的變化，從根本上，改變了敘事的結構。更值得注意的事，在新視角的敘事脈絡中，慣用的視角、未被點明的敘事脈絡，其實從未消失，而是不斷伺機浮現，相互呼應、對比，在敘事結構上形成或顯或隱的暗示。

由此再進一步來說，透過敘事視角換位，在敘事結構所形成的潛在對比效果，對應到選擇軸的層面，才達到隱喻的效果。

這種以敘事為主，藉由結構的張力，達到隱喻效果，進而「指向

---

19 楊大春：《語言‧身體‧他者：當代法國哲學的三大主題》（北京市：生活‧讀書‧新知三聯書店，2007年11月），頁72-73。

20 楊大春：《語言‧身體‧他者：當代法國哲學的三大主題》，頁73-74。

生存經驗的升華」。類似的手法也出現在〈水牛〉[21]一詩中，首段如
下：

> 水牛總是埋怨自己灰黑的顏色
> 非常嫉妒天空的藍
> 有一次無意間
> 水牛低頭下來喝水
> 才發現自己的角是刺向天空的

同樣是以書寫對象的視角發聲，揣摩水牛的眼光，先是仰天嫉妒天空
的藍，隨即又在低頭喝水間，「才發現自己的角是刺向天空的」，重新
認識自己與天空的關係，頓時拉拔出敘事的張力。

　　這種代言式的手法其實並不罕見，大多分為兩個方向操作，從物
來說，他者的眼光重新審視這世界；從我來說，當然還是保有敘述主
體的意圖。岩上詩作真正的特點在於，所謂發聲位置的換位，擬物發
聲，只是敘事結構的觸發點，核心張力還是必須經由後續的敘事結構
多線交錯，才能營造出詩意的取向。

　　岩上自言：「非單一線披露的力學，其對等、對應、對比、及交
錯的手法，讓我領悟詩中許多層面向的意涵與意指延伸的考量。」[22]

---

21 岩上：〈水牛〉全詩如下：「水牛總是埋怨自己灰黑的顏色／非常嫉妒天空的藍／有
　一次無意間／水牛低頭下來喝水／才發現自己的角是刺向天空的／／天空是該殺的
　／然而天空高高在上／天空必也有俯身下來的時刻吧／於是水牛耐心的等待／／天
　空終於垂下來了／在地平線上／水牛狠狠的衝刺上去／倒下然後朗朗地笑了／原來
　我體餒也有這樣鮮紅的血」收入趙天儀等編選：《混聲合唱：笠詩選》（高雄市：春
　暉出版社，2002年），頁386-387。

22 「基本上，我的文學觀崇尚現實主義，從生活經驗中取材但不排除現代主義的表現
　手法，包含超現實主義。……非單一線披露的力學，其對等、對應、對比、及交錯

所謂「非單一線披露的力學」應是指敘述觀點的安排、敘事結構的張力、從毗鄰軸的換喻擺盪到選擇軸的隱喻，從這個角度加以解讀會更清晰。

（二）主從關係的交流

藉物發聲，換位思考，以此作為敘述結構的觸發點，透過「多線披露的力學」，讓不同視角相互激盪，才能達到「詩中許多層面向的意涵與意指延伸的考量」。

換句話說，發聲位置的換位，是達到「多線披露的力學」的促發點──然而所謂換位，除了藉物發聲方式之外，岩上詩作的另一個特色，還在於主從關係的交流，在物我交流之際，不僅是以物觀我，甚至是以物為主體，發聲者側身，物我之間在敘事結構上，營造出多線的呼應。以〈鏡子〉為例，全詩如下：

> 無心觀照的鏡子
> 永遠沒有我的存在
> 當我擋住他的視線
> 我才出現
>
> 看到我時
> 永遠是現在自己的我
> 我的過去在哪裡呢？
> 是否表面的被記錄的皺紋

的手法，讓我領悟詩中許多層面向的意涵與意指延伸的考量。」岩上：〈詩與太極拳〉《綠意：岩上散文集》（南投市：南投縣文化局出版，2015年11月），頁133。

就是我經歷的冷暖

臉上的我
被歲月腐蝕著
變化中的我
才是真正的我吧

時間的踦傷
無聲無息
在鏡子裡
也在鏡子外[23]

本詩並沒有採用擬物發聲的手法，而是透過主、被動關係的調換，依然讓出部分的主體位置。原該是以人為主體，以鏡子為客體，人照鏡而顯像。〈鏡子〉則異乎是，反過來以鏡子為主，有其自體存在的方式，「無心觀照」，不以對他人的價值作為存在的意義，不必依賴人／我／他者，「永遠沒有我的存在」。詩中甚至再進一步，扭轉人照鏡的主客關係，變成「當我擋住他的視線／我才出現」，我是一種外來的干擾，我的形象則是干擾造成的產物。

換句話說，在〈鏡子〉一詩中，「我」從主動淪為被動的位置，從而衍生出何為我的思考——每個人永遠只能看到現在的自我，那麼，我的過去在哪裡呢？或許並不存在實體不變的我，所謂的我，乃是在變化之流中連貫的認知，因此，「變化中的我／才是真正的我吧」，既呈現為鏡內的形象，也是鏡外之我的遭遇。

---

23 岩上：《漂流木》（臺北市：秀威資訊科技股份有限公司，2009年3月），頁130。

　　然而平心而論，本詩最精彩之處，乃是在首段的換位思考，透過主被動關係的調動、讓主體位置的開放，「多線披露的力學」得以迴旋伸展，從不同的立場觀照，不僅得以重新思考物我的交涉關係，重新認識自我與世界，同時也促成詩化的取向。

　　重新思考主被動、主客體關係，等於是重新認識物、我、世界的互動方式，因此，既帶有客觀的成份，當然也是主觀的認識。〈椅〉同樣也是藉由主體位置的開放，以陌生化的觀點、知性的思索，達到詩意的取向，〈椅〉[24]全詩如下：

> 對著人類屁股和脊椎的妥協
> 不斷扼殺自己的性格
>
> 從木質的強硬派
> 變成墊海綿的軟弱者
>
> 而什麼樣的人
> 坐什麼樣的椅
>
> 椅子的存活
> 難道只有接納的姿態

思中反思人和椅子的關係，人可以挑椅子，那麼，椅子又該用什麼樣的姿態接待人？乍看之下，椅子只能以被動的姿態不斷接受擺布，然則如果進一步思索，詩中是以自覺、提問的方式，以第三人稱旁觀的

---

24 岩上：《岩上八行詩》，頁22。

口吻，從椅子的立場提出反思，試圖讓物的主體性與發聲者我的主體
性，在敘事結構上形成譬喻的關係，椅子與人、我與世界，彼此暗示。

五　結語

不論是寫物寫景、或者個人的詠懷、抑或是觀照社會等等題材，
藝術的創作都在思考，如何從個體、個案出發，進而從個別的侷限中
昇華，契入超越性的意義，達到廣義的詩性象徵。然則因為詩學觀點
的差異，直接影響題材的揀選以及表現的手法。就即物主義詩學來
說，李魁賢〈詩的辯證發展〉[25]一文表示：

> 這種新即物主義的詩學，從物的現實發源，經過意識的統合，
> 又回到物自體，已經沒有自然法則的必然性，因為在物性中已
> 深透人性的素質。

> 在詩的認識論發展過程中，從無意識的自然狀態，過渡到有限
> 意識的人為狀態，最後進階到無限意識的神性狀態。詩人的主
> 體與自然的關係，是從和諧到悖離，又復歸和諧。

從中可以發現，即物主義以物為觸發點，但是物的自然法則，乃至於
所處的時空環境等形象細節都不是重點，如何在物中顯現「人性的素

---

25 李魁賢：《李魁賢文集・第七冊》（臺北市：行政院文化建設委員會，2002年11月），
　　頁26。李魁賢後續言：「詩人的方法論，是從現實主義的描寫，到超現實主義的表
　　達，而進入新即物主義的表現。」現實主義、超現實主義、新即物主義本屬不同體
　　系的美學觀點，各有其對應的理念、題材、手法，屬不同方向，李氏將之列為一個
　　系統的三種進程，從側面透露出其評判的準則。

質」才是目標。在這過程中，與其說是無意識、有限意識、無限意識的表現，不如從物我的關係的表現手法來理解會更簡單明瞭：物性的自然狀態、主觀意識的人為狀態、普遍的神性狀態。至於玄乎其玄的神性狀態之說，用淺白一點話的來說，就是指達到普遍性的象徵。

需要強調的是，基於敘述的方便，物性的自然狀態、主觀意識的人為狀態、普遍性的象徵狀態三者，被當成三個階段，實際上來說，只有兩個層次：一、基礎的：物性的自然狀態、主觀意識的人為狀態。二者在詩作中大多是綜合處理。二、昇華的：普遍性的象徵狀態。

在第一層次中，更強調主觀意識的安排，而這也正是岩上、乃至於即物詩的關竅所在，不僅影響了物與我的表現方式、比重，同時也決定了如何達到象徵的徑路，乃至於整體的風格。

為此，本文從三個步驟展開討論。首先劃定物的義界，可以發現，所謂的即「物」，應從廣義理解，指的是對向化的世界，即便是一種狀態如跳舞，也可以視之為物，並不侷限於具體的對象物。然而為了論述上的方便，本文仍以具體的對象物為討論範疇。

其次則以古典詠物詩為座標，參酌比較，指出古典詩會藉由描寫物與時空情境的連結，一步一步昇華為物我合一的象徵，箇中往往會與文化體系的物類象徵系統相呼應，形成廣大的互文系統。相較之下，即物詩更強調個人的理念表現，因此，如何在詩中完成個人的象徵系統，便有賴詩人的匠心獨運。

最後則討論，為了達到普遍性的象徵，岩上的詩轉以物我的交涉關係為施力點，或者讓發聲位置的換位，擬物發聲；或者透過主被動、主客觀關係的挪移，開放主體位置，主從關係交流。所以從敘述主體的層面下手，進而讓整個敘述結構創發出多線的譬喻效果，藉以完成個人化的象徵系統，同時也是開放的詩意取向。

引用及參考書目

李魁賢　《李魁賢文集・第七冊》　臺北市　行政院文化建設委員會　2002年11月

阮美慧　《戰後臺灣「現實詩學」研究：以笠詩社為考察中心》　臺北市　臺灣學生書局　2008年8月

岩　上　《岩上八行詩》　臺北市　釀出版　2012年10月

岩　上　《針孔世界》　南投市　南投縣政府文化局　2003年

岩　上　《漂流木》　臺北市　秀威資訊科技股份有限公司　2009年3月

岩　上　《綠意：岩上散文集》　南投市　南投縣文化局　2015年11月

林淑貞　《中國詠物詩「託物言志」析論》　臺北市　萬卷樓圖書股份有限公司　2002年4月

陳芳明　《臺灣新文學史》　臺北市　聯經出版事業公司　2011年

曾進豐　《經驗與超驗的詩性言說——岩上論》　臺北市　秀威資訊科技股份有限公司　2008年1月

楊大春　《語言・身體・他者：當代法國哲學的三大主題》　北京市　生活・讀書・新知三聯書店　2007年11月

趙天儀等編選　《混聲合唱：笠詩選》　高雄市　春暉出版社　2002年

鄭毓瑜　《引譬連類：文學研究的關鍵詞》　臺北市　聯經出版事業公司　2012年9月

調解與跨越
——論岩上詩學與武學的實踐

嚴敏菁

朝陽科技大學兼任講師

摘要

岩上（1938-）為臺灣現代詩人，從二十歲開始創作至今已逾六十年。岩上的作品涵攝面向甚廣，與其善於捕捉生活所思所感、創作不懈，興趣廣泛、多方面閱讀皆有關。岩上以創作現代詩為人熟知，實際上他對堪輿、命理、太極拳皆有涉獵，尤其太極拳的習練，用力甚深，迄今達四十餘年。筆者曾於二〇一八年發表〈在「有」「無」之間流動：試論岩上詩作從本體論到美學的實踐〉，試圖探討岩上詩學中的「有」、「無」觀點。本文除了接續岩上「詩在有無之間流動」的詩論，同時對照岩上〈述論詩與太極拳美學〉一文，討論其詩學與武學的融合觀點。本文擬分為三節：（一）轉化：從有入無，無中生有（二）鬆沈：流動於有無之間（三）圓整：有與無的共生，並以岩上太極拳組詩〈鬆〉、〈沈〉、〈圓〉、〈整〉，以及近十年內（2010-2018）幾首作品為例，說明其詩論在作品中的實踐。

關鍵詞：岩上、詩學、太極拳

一　前言

　　岩上（1938-），出生於臺灣省臺南縣，成長於嘉義市，高中時北上就讀臺中師範學校。畢業後任職南投縣中原國小、草屯國中，此後定居南投至今。岩上自二十歲開始寫作，至今已逾六十年。著有《激流》、《冬盡》、《臺灣瓦》、《愛染篇》、《岩上八行詩》、《更換的年代》、《針孔世界》、《漂流木》、《另一面》、《變體螢火蟲》十本現代詩，《詩的存在》、《詩的創發》、《詩的特性》三本現代詩論，以及童詩集《忙碌的布袋嘴》。二〇一五年南投縣政府文化局出版《向大師致敬系列叢書》共計五本，收錄岩上散文《綠意》、現代詩論《特的特性》、兒童詩集、評論《走入童詩的世界》、岩上作品研究相關文論《岩上作品論述一》、《岩上作品論述二》。

　　岩上年輕時因經濟與工作忙碌所限，僅出版兩本詩集。[1]一九八七年退休後，創作能量愈見豐沛，除卸下教職較為空閒，實與其習練太極拳有關。岩上自一九七四年開始學習太極拳，最初主要目的為強身健體。由習拳展開對身體的探索，由拳理體悟東方哲思，通過對西方哲學的閱讀與體會，領悟到詩、武、哲三方的共通與交會。岩上早期詩論〈詩的來龍去脈〉中，即已探討新詩創作的三種技巧：從「有」到「有」、從「有」到「無」、從「無」到「有」，筆者將之定位於「詩在有無之間流動」，並視之為貫徹岩上作品中的重要詩論。[2]從本體論層面來說，「有」與「無」所指的可以是「現實」與「想像」之間的關係；從創作手法來看，「有」、「無」可以視為寫實與超

1　岩上年輕時所創作的現代詩，數量不只於此，南投縣文化局現存有岩上年輕時創作手稿（電子檔掃描版）。

2　嚴敏菁：〈在「有」「無」之間流動：試論岩上詩作從本體論到美學的實踐〉，此文目前尚未確定發表園地，待發表後將予以補正。

現實的手法，或者詩作中的衝突、對立與矛盾對立手法的運用；從美學觀點延伸，「有」、「無」之間的創作手法使詩作呈現懷舊抒情、現實批判與悟我反思的特徵。因此本文接續「詩在有無之間流動」的詩學觀點，連繫到近年（2016）〈述論詩與太極拳美學〉[3]一文，探討岩上詩論與拳論間的關連；其次，以其太極拳組詩〈鬆‧沈‧圓‧整〉[4]為例，觀察文論與詩作的互文。再者，也透過近年詩作探討其對「有無之間」詩學觀點的貫徹。本文共分為三節：（一）轉化：從有入無，無中生有（二）鬆沈：流動於有、無之間有中無，無中有的攻防（三）圓整：「有」與「無」的共生。希望能岩上「有」、「無」之間的詩學框架之下，繼續討論其與武學的交會。

二 轉化──從有入無，無中生有

關於太極拳最初的基本功，岩上提到：

> 太極拳雖然講求太虛無形，但實際演練從有形拳架開始，須要求鬆腰落實，腳才有根。腳有根，是太極拳基本的功夫。張三丰遺著《太極拳論》云：「其根在腳，發於腿，主宰於腰，行於手指。」有根就是氣落實於大地，但落實的雙腳仍要有虛實的變化，否則雙重（雙腳踏地）則，活動行拳不靈活。所以實中之虛是必要的。[5]

太極拳最高境界講求的是「虛靈」，但是最初卻來自腳下功夫的鍛

3　岩上：〈述論詩與太極拳美學〉，《文訊雜誌》，第368期（2016年6月），頁37-41。

4　岩上：《漂流木》（臺北市：秀威資訊科技股份有限公司，2009年3月），頁97-103。

5　岩上：〈述論詩與太極拳美學〉，《文訊雜誌》，第368期（2016年6月），頁38。

鍊。太極拳大師能以四兩撥千斤，來自於深厚內力，但這個深厚的內力卻得依靠有形的身體，這個有形的身體就是最初紮實的拳架功夫。岩上將之導入詩學理論來觀察，認為：

> 詩中的實感是必須的，實感的人間性也得知於現實生活的觀照與體驗。只有從實感中想像，詩才有飛躍性的支點和悠遠的遐思；詩意的冥無之虛境，乃從實中求得。[6]

對於太極拳來說，「實」代表有形的身體與拳腳功夫，「虛」可視為看不見的內功。對詩而言，這個「實」可指涉為現實的材料、具象的語言，而「虛」可視為在具體的意象下所萌生的詩意及隱喻。以〈田園早餐〉為例：

> 蔚藍天空青山綠野
> 三明治的早餐
> 從窗戶送進來
> 一口一口咬啖，加一杯牛奶
>
> 疊層不同的食料口感韻味
> 早晨的時光中
> 慢嚼細嚥中
> 太陽的光影移位
> 山色黛綠轉換
> 田野靜默畫起耕耘機的筆觸動線
> 都在我的嚼勁裡

6　同前註，頁39。

農村的光景

融入肚內

生成一幅消化了實感的抽象畫[7]

這是岩上二○一七年移居鄉下後的作品，可視為對鄉土的初心與回返。「三明治的早餐」、「從窗戶送進來」兩句拆開來看，一是具象的畫面，一是具體的動作，皆為「實」的表現，但將兩者連在一起閱讀，由於其不合邏輯，而則產生出詩意的感覺（虛），這是實的材料所產生的詩意。因此下段「疊層不同的食料口感韻味」使人明白這不只是三明治的味道，也是生活的味道。農村裡的三明治早餐描寫的就是農村的生活，是必須「慢嚼細嚥」（隱喻），才能看得見「太陽的光影移位」與「山色黛綠轉換」。詩作將「早餐」與「田園」結合，詩意指向品味田園風光與慢活人生。

再以〈品茶〉為例：

茶

要飲出味蕾的海拔高低

如注

沁流通脈

隔水傳香

留住

是茶韻的冷熱？

留不住

是品味的深淺

7 岩上：〈田園早餐〉，《自由時報》，副刊，2018年3月25日。

茶紅
不在色相
相色在不
茶綠

斟酌濃淡
葉片浮沈
禪意已飄忽形勢之外
但聞
喝茶聲[8]

〈品茶〉與〈田園早餐〉的句法不同之處，在於〈田〉詩中的每一句多為「寫實」的敘述，詩意則在寫實與寫實的句子之間，由於句法之間不合邏輯而散發出來。〈品〉詩則不同，在句中有著「虛」與「實」的交錯。例出「要飲出味蕾的海拔高低」，句子中已藏虛實，「飲」相對於「味蕾」（具象），是實與實的關係，但「飲」相對於「海拔」（抽象），則具有虛實對比，且兩者間無邏輯關係。由於句子之間的虛實交錯，詩意因而呈現，「飲」也因此進入隱喻層次。詩由可見的語言中生發出不可見之詩「意」，再由不可見的「意」產生出詩的空間—「境」，就像拳架由身體的動作內化至體內的「氣」而生發出「勁」，三者都有從「有」入「無」，再由「無」生「有」的過程。

8　岩上：〈品茶〉《變體螢火蟲》（新北市：遠景出版社，2015年7月），頁55-56。

三　鬆沈——流動於有、無之間

　　了解到岩上對太極拳虛實概念，並對照其作品來看，詩其實具有一種「不著」，而且存在於虛實之間，在虛實轉換中產生，因此詩是流動的。虛與實看似對立，但卻又互相依存。太極拳的心法與道家、《易經》有關，特別重視「虛」的空間，因為「虛」才使「實」得以流動。他提到：

> 虛與實產生對立，而後統一，這是道家精神和易學原理。這和黑格爾的矛盾理論是一樣的，黑格爾認為「存在」與「無」是對立的，兩者相互轉化就是「變易」也就是統一。
> 練太極拳從懂得分陰陽虛實開始，到陰陽虛實的交換相濟的變化；虛實神會乃太極拳行功之重心。[9]

岩上曾以「有」、「無」的對立衝突、矛盾辯證來作為創作手法[10]，但「有」與「無」也是彼此憑藉的，「有」與「無」之間的相互流動也是達成共生、完整的必要條件。岩上在第二本詩論《詩的創發》中其實已將太極拳虛與實的關係，和詩論的有無之間，進行整合，因此筆者在本文中，是將「有、無」與「虛、實」暫時視為等同。太極拳是講求鬆、軟的武學，這種武學的精神來自道家「反者道之動，弱者道之用」[11]、「天下之至柔，馳騁天下之至堅」[12]的精神。放鬆是從有到無的學問，鬆柔之後的身體才能自然與自由。岩上以太極拳招式入

9　岩上：〈述論詩與太極拳美學〉，《文訊雜誌》，第368期（2016年6月），頁38。
10　詳見李魁賢：李魁賢：〈詩的衝突〉，《笠》，第220期（2000年12月）。收入岩上：《更換的年代》（高雄市：春暉出版社，2000年），頁1-2。
11　《老子》第四十章。
12　《老子》第四十三章。

詩，寫下〈鬆〉、〈沈〉、〈圓〉、〈整〉組詩，展現對於太極拳的體會。
其中〈鬆〉藉由身體延伸出的想像，表達了太極拳習練的要訣：

> 懸掛起來，頭頂虛靈
> 支撐的頸部也切除
> 兩隻手垂落在腰股的兩旁
> 脊椎一節一節拴開連接的螺絲釘
> 讓它們成斷了線的
> 念珠，墜落於山谷的湧泉
>
> 各條筋脈有了歸屬
> 從攬雀尾拍起了白鶴亮翅的飛落
> 金雞　獨立
>
> 骨盤捧著一盤水
> 如滑動的車身
> 兩股虛實之間
> 移動如輪而站樁〈鬆〉《漂流木》（頁97）

岩上探問「放鬆」的可能，體會拳理的要義，談論的是一個內在的身
體：「頭頂虛靈」頭彷彿懸浮起來，失去重力，與身體可以分開；身
體也不再完整，而是「脊椎一節一節拴開連接的螺絲釘」，各自獨
立，產生力量，有如「念珠」，持誦時具有各自的念力，被串成一體
時，能去魔除障。《老子》曾言：「重為輕根，靜為躁君」[13]也是太極

---

13 《老子》第二十六章。

拳講求虛靜的精神。骨節雖然鬆開，身體筋脈卻是連續的，因此「各條筋脈有了歸屬」。「攬雀尾」、「白鶴亮翅」、「金雞獨立」是太極拳模仿禽鳥姿態的招式，「攬雀尾」綰合太極拳「掤履擠按」四式的精神，講求與對方交手的實踐；「白鶴亮翅」與「金雞獨立」都是靈巧優雅的動作，兩者一開一闔，展現生命之美，然而兩者皆習於一腳站立，因此容易失去重心。因此末段展現對太極拳重心流動的想像，「如滑動的車身」、「移動如輪」，放鬆才能展開虛實的變化、有無的流動，太極拳的招式千變萬化，要歸於本仍來自於「鬆」的訓練。岩上說：

> 太極拳不自作主張，所謂捨己從人，就是放掉自己。與人交手時把個人的主體交給對手的客體，對手推我不動，不是我用力撐住抵擋，是我在此虛空了自我，我跑到了對方身上，這放空的功夫須要悟道的修行。[14]

岩上稱此為「捨己從人」，這是一種放鬆到極致的表現，對應到詩學，岩上從王國維《人間詞話》的觀點延伸，認為無論是有我之境，或者無我之境，「其實詩之及物皆有我，物中無我，是我隱藏，不露相，我給了物。這道理也可看作捨己從人的一種表現手法。」[15]

岩上在〈述論詩與太極拳美學〉中也引用張三豐《太極拳論》，提到打太極拳時要有「根」，強調重心要穩。既要鬆又要穩，看似非常矛盾，放鬆並非全然無力，任人宰割，放鬆並將重心落實於雙腳是為了產生靈活變化，並且穩定的自我空間，而以雙腳為重心後又需將左、右腳分虛實，因此「實中有虛」，重心是隨時流動的，如果以

---

14 岩上：〈述論詩與太極拳美學〉，《文訊雜誌》，第368期（2016年6月），頁39。
15 同前註。

〈沈〉一詩為例，展現的就是「放鬆」之後產生的流動：

　　從崑崙頂放下，一切
　　玉女穿梭於林間
　　千手旋撥如雲
　　落葉繽紛飄飄飛
　　隨風　下勢

　　如船下錨
　　海浪洶湧
　　遠方浮島
　　不進反退
　　步如跨虎

　　不動如山
　　雨滑滑落
　　水淨澄清
　　空穹藍天
　　進步栽捶
　　撞擊了地球〈沈〉《漂流木》（頁99）

「玉女穿梭」是太極拳中的招式，以女性輕盈的體態為仿傚，達到身
輕如燕、手輕如雲、千手變化如落葉紛飛，各有姿態的結果。「由崑
崙頂放下，一切」代表著身體意念的放鬆要由上往下、一層層地到
達。「隨風下勢」接續第二段，由「鬆」轉「沈」，展現流動的功夫：
如「船」在「海浪洶湧」中航行，身體即使處於動盪，也能隨時保持

穩定，這樣的功夫最能在與對手交鋒（例如：推手）中顯現，身體如船搖晃，如鐘擺動，既能離心也能向心，在一進一退之間，隨時充滿力量。第三段「不動如山」是「沈」、穩的身體想像，任風雨吹拂滑落，身體的重心都能不受外界影響。不動如山，動如雷震，因此「進步栽捶」（也是招式）暗示著身體重心一旦移動，所能產生的能量，大到能夠「撞擊了地球」。〈沈〉由輕到重、鬆到沈，展現太極拳放鬆後所能引發的巨大能量。練拳的身體需有重心，一首詩也是如此：表面上看似行雲流水，想像有時不著邊際（鬆），然而在語言的背後，有作者要傳達的意旨（沈），這個意旨會牽住語言，由語言來傳達，如前述岩上所言：「只有從實感中想像，詩才有飛躍性的支點和悠遠的遐思；詩意的冥無之虛境，乃從實中求一得。」

四　圓整——「有」與「無」的共生

　　「宇宙」一詞來自時間與空間的總和，我們看不見時間，卻能看見時間產生的變化，看不見空間，卻能看見空間中存在的事物。「有」與「無」其實是一種共生關係，除了上一節中談到，「有」與「無」之間產生空隙，因此有了流動的可能，文本的閱讀、詩情的想像、拳理的應用，都有賴於這樣的「空間」；另外，「有」與「無」特質的相對性，同時也形互補關係，陰中有陽，陽中有陰，構成太極的「圓」；太極出生的「陰」、「陽」，是構成世界的根本，因此陰不離陽，陽不離陰，兩者俱在，才能完整。岩上論述太極圖與太極拳的關係，以「圓」作為相通的觀念：

　　　　太極拳求勁整，拳架如太極圖之圓，無使有凸凹處，才能無隙可擊；太極拳是一種講求結構性完整如球的拳術。太極正功

解：「太極者，圓也，無論內外上下左右，不離此圓也，圓為
緊湊」。[16]

太極拳講求身體形式、動作的完整、流暢，這種流暢需藉由身心合一
才能達成，外在身形的流暢來自於體內的氣的流動，無論姿勢如何、
身體重心如何移動，隨時都要保持身心合一與整體均衡，這種狀態就
是「圓」。他在〈圓〉一詩中，探討「圓」的實踐：

地球原是滾的本尊
自轉為走化
公轉為勁發，振人於無形
跌出為透勁的拋物線

八方九垓，中定於一點
八八六十四卦旋轉成立體
卦卦掛不住
因為我是滑動的柔體
你不撞我不動
你撞我如封似閉

轉身不只擺蓮
一旋殘荷墜落

不離心

> 不懸空
> 意念結構成充氣的
> 丹田〈圓〉《漂流木》（頁101）

太極拳是圓形的運動，不走直線，以「地球」比喻身體，充滿想像。岩上強調太極拳的轉身（自轉）能化解對手的力量。「轉」的中心在腰，因此四肢相對於腰的旋轉，有如地球對太陽的公轉，而能「公轉勁發，振人於無形」。「轉」可以化解力量也能產生力量，關鍵在於「中定於一點」，隨著環境的改變，隨時轉移重心。身體有如「滑動的柔體」，令人難以捉摸，對方企圖攻擊，但身體的姿態變化萬千，令對手「掛不住」（找不到著力點），這也是詩創作的理想境界：無著。「無著」並非沒有主題，而是「你不撞我不動／你撞我如封似閉」，好詩的閱讀也似如此，串起整首詩的語言的表面，敘述不一定句句都在描寫主題，但卻能時時與主題扣合，「如封似閉」是太極招式，也是岩上所謂「圓」的「緊湊」，因為「圓」構成了「完整」，使對方無機可趁；換成詩，能自「圓」其說，是重要的創作態度。岩上提出他對「完整」的看法：

> 一首詩是一種秩序，也是有機體。它的語言與詩想關聯性須要有體系的結構。藝術的創作雖然極自由的，但藝術品的自約在於自身結構的完整。晚近解構主義者講解構，也不可能以自身的解構來解構自身，藝術品完成的一貫性與統一性是構成的基礎，詩的創作亦復如是。
> 完整也是一種美，從外在形象語言到內在情思意念的一致性是美藝功夫的探求，詩與太極拳都有共通之理；從周易六十四卦的卦序來看，不論卦象符號的排列組合或內涵卦理的指涉吉凶

之意義，都呈現八卦相錯，剛柔虛實相推之美，其本立與變通
之趣，與詩學太極拳共通為秩序結構都是完整之美的存在。[17]

藝術雖然著重想像，強調自由，但也要能「自約」（自我約束），不能
天馬行空，毫無章法。藝術的「自我約束」，一直是岩上所強調，約
束的重點在於作品的「一貫性」與「統一性」。詩作有其要討論的主
題，就像太極拳的身體講求重心，作品有其對話的對象，就像太極拳
有其對手一般。透過主題的神思，對話的想像，才能產生連貫、統一
的秩序，結構也因此完整。岩上舉例周易六十四卦的排列，有其規則
與詮釋觀點，對應到天地與人倫，展現「剛柔」、「虛實」之美，由此
論述結構與秩序的可貴。〈整〉一詩由鬆、沈的功夫、圓的秩序、結
構，最後回歸到整體：

　　落地生根
　　葉葉脈絡疏通
　　成千手的網路
　　手不見手，彈揮琵琶

　　根盤
　　枝幹勁挺
　　如蓮花亭立，迎風
　　柳柳垂
　　沾連不離體
　　鼓蕩如行雲流水

---

17 岩上：〈述論詩與太極拳美學〉，《文訊雜誌》，第368期（2016年6月），頁39。

緩急之間

混元孳乳為太極〈整〉《漂流木》（頁103）

〈整〉作為太極拳千變萬化後的歸宿，要言縱橫捭闔之後、要歸一體的重要性。「落地生根」是「鬆」、「沈」的功夫，「葉葉脈絡疏通」則是〈鬆〉所言「各條筋脈有了歸屬」、彼此連貫的能力。透過身體「轉」化出的力量形之於手，則「成千手的網路」，手成千手，因此「手不見手」；手不只是手，是身體意念的表徵。手之所以能成千手，關鍵在於「根盤」，重心的穩定，身體猶如「枝幹勁挺」、如「蓮花亭立，迎風」，是力與美的結合。身體又如「柳」條，「垂」若無力（鬆），動靜間「沾連不離體」，是離心（與對方交鋒）又向心（自我重心的穩定）、是身體自轉與公轉的運動，手如行雲，居於天又不凝滯於天，因此「鼓蕩如行雲流水」。「緩急之間」，太極拳講求慢，卻又能以靜制動，慢中生快，動中有靜，靜中有動，有如陰陽。「太極」是陰陽分立前的最初狀態，也是最後的狀態：太極拳從分陰陽開始，高手的境界使人難以分辨其陰陽。岩上說：「太極拳以陰陽為體，運化五行，察昭於八卦，是順手自然之理，合乎虛無之妙，為后天逆運，返乎先天之神技武學，也是神氣力體之美的形象真詮。」[18]「神」就是拳理最終分不清陰陽的「入道」的狀態。而「詩的存在也是從心物的虛實交感而得悟；老子的『道之為物，惟恍惟惚。惚兮恍兮，其中有象；恍兮惚兮，其中有物』，這個道的存在，這是詩存在的狀況模樣；有物有象，即是詩思的形物衍變為意象的恍惚；也是詩人追求情思物象在意象中的融合。」[19]

---

18 岩上：〈述論詩與太極拳美學〉，《文訊雜誌》，第368期（2016年6月）。

19 岩上：〈述論詩與太極拳美學〉，《文訊雜誌》，第368期（2016年6月）。

五　結語

　　岩上曾言：「詩的可恨在於無法完全掙脫現實的枷鎖，數十年來持重而不變的看法，並非固執於現實主義的路線，而是我眷戀於臺灣這塊土地的熱愛和它走過的歷史悲情的感切。」他所熱愛的「現實性」一直是貫穿詩學的重要特徵。而綜觀岩上出版十本詩集：《激流》（1972）、《冬盡》（1980）、《臺灣瓦》（1990）、《愛染篇》（1991）、《岩上八行詩》（1997）、《更換的年代》（2000）、《針孔世界》（2003）、《漂流木》（2009）、《另一面》（2014）、《變體螢火蟲》（2015），前八本詩集對生存現實、社會萬象竭盡所能的描繪，展現其對「現實性」的熱愛，以及寫實主義的極致發揮。這積聚近千首的詩作中，展現了對大千世界的描繪，在這描繪中，有對社會「批判式」的愛，「物」、「我」的觀照，也有對自我人生、詩作，渴求「一變再變」的鍛鍊。後兩本詩集中，他似乎試圖與自己的人生和解，作品的悲劇性與譴責力道，已減少很多，《岩上八行詩》雖在一九九七年的出版，呈現了過渡的特徵：既有熱血的批判，也有理性反思的觀照。到《另一面》時，我們已經看見他「有無相生」的美學，過去強調的「對立」，已逐漸朝向「融合」與「統一」。

　　在二〇一〇年後，岩上的詩句明顯減少了悲劇色彩的運用，轉向較平和圓整的風格。從作品中我們已少見詩人從前批判的刀鋒，因此悲劇色彩也較淡薄。從境界上來說，詩人似乎在在嘗試過一首又一首詩的風雨後，作品出現一種回返的自在，這份自在裡有寧靜，像是自我的觀照後，所思得的一份從容圓滿。岩上八十高齡，寫詩六十年，飽嚐語言的甘美孤寂，研習太極拳四十年，從先發制人到以柔克剛，其中鬆沈圓整的技法、陰陽相生的概念，以及天人合一的理想，運用「返者道之動」思辨，體現在詩學與武學中，彼此相生相養。他認為

「反」有二義：既是相反也是回返。他將「相反」應用於詩學「有」與「無」對立的第二階段，而「回返」則是第三階段的重點。

筆者曾以岩上最初〈論詩的來龍去脈〉為出發，試圖疏理岩上詩學中「有」、「無」之關係（前述），並將與其詩論與創作並行觀察。從上述的研究中，大致將岩上詩學對「有」、「無」關係作三階段的劃分：第一階段具有「有」與「無」彼此流動、交會，產生的四個論點，為岩上「有」、「無」本體論之始；第二階段的「有」、「無」，轉向創作手法的應用，在應用中，「有」與「無」經常是對立出現，呈現出辯證、衝突與矛盾。第三階段以二○一○年以後的作品為主，則出現由對立到和解的消融，這在其後集結的兩本詩集《另一面》與《變體螢火蟲》中可得到證實。這三階段的轉化，實與岩上對太極拳的體悟，也密切相關。司空圖《二十四詩品・流動》有言：「若納水輨，如轉丸珠。夫豈可道，假體遺愚。荒荒坤軸，悠悠天樞。載要其端，載同其符。超超神明，返返冥無。來往千載，是之謂乎。」「流動」是天地萬物孕生的奧秘所在，是太極拳產生動能，詩之所以感人之處。

感謝《臺灣詩學學刊》大力襄助，促成二○一八年岩上詩學研討會成功，本文謹據研討會論文修改刪訂，筆者對於太極拳理知之甚淺，論文多有不足之處，還望讀者予以指教。

引用及參考書目

一　專書

岩　上　《更換的年代》　高雄市　春暉出版社　2000年12月

岩　上　《漂流木》　臺北市　秀威資訊科技股份有限公司　2009年
　　　　3月

岩　上　《變體螢火蟲》　新北市　遠景出版社　2015年7月

二　期刊論文

岩　上　〈述論詩與太極拳美學〉　《文訊雜誌》　第368期　2016
　　　　年6月　頁37-41

三　報紙文章

岩　上　〈田園早餐〉　《自由時報》副刊　2018年3月25日

岩上早期詩論與一九七〇年代現實詩學

陳瀅州

雲林科技大學兼任助理教授

摘要

　　詩人岩上早在一九七〇年代起便陸續發表現代詩評論文章，迄今未歇，研究岩上詩作的相關論述已累積一定成果，相較之下，研究岩上詩論者相對較少，本文鎖定在岩上早期詩論，旨在將其詩論放回到生發的一九七〇年代脈絡之中，來探討與現代詩論戰新興詩社呼籲關懷現實與笠詩社的「現實詩學」有何差異。岩上的早期詩論自成一套體系，藉此反思詩人身份，並且引導身為評論家的批評工作。觀察岩上詩論中的「現實」，可稱之為一種調和論：詩是在現實與超現實之間調和；詩是現實世界與心靈世界的調和；詩是在有、無之間調和。

關鍵詞：岩上、詩論、現實詩學

一 前言

　　岩上（1938-），本名嚴振興，嘉義朴子人，一九五八年遷居南投草屯迄今。一九六五年加入笠詩社、一九七六年創辦詩脈社。曾任中小學教師、笠詩刊主編、臺灣省兒童文學協會理事長、臺灣現代詩人協會理事、南投縣文化基金會常務董事、中正大學駐校作家、臺灣省兒童文學學會理事長等。現已退休，專事寫作。曾獲第一屆吳濁流文學新詩獎、中興文藝獎章、中國語文獎章、中國文藝協會新詩創作獎、第十一屆榮後詩人獎、南投縣文學貢獻獎等。著有詩集《激流》、《冬盡》、《臺灣瓦》、《愛染篇》、《岩上八行詩》、《更換的年代》、《針孔世界》、《漂流木》，童詩集《忙碌的布袋嘴》、《另一面詩集》、《變體螢火蟲》，散文集《綠意》，評論集《詩的存在》、《詩的創發》、《詩的特性》。

　　岩上並不甘於單純發表詩作，早在一九七〇年代起便陸續發表現代詩評論文章，迄今未歇。然而相較於詩論，岩上詩作恐怕還是較為讀者所熟知，初步觀察可知：詩作質素優異固為其一，但詩論能見度不足恐為其二，其第一本詩論集《詩的存在》要遲至一九九六年才付梓出版。[1]正如向陽所言：「以岩上對詩的嚴謹態度、為文下筆的審慎，積二十年時光，方才出版他的第一本評論集」[2]，時隔二十年，即使評論專著內容對現代詩評論仍然適切，但是離開了論述興發的當下時空，錯過與時人對話的契機。

　　此外，研究岩上詩作的相關論述，無論就形式或內容上的討論皆

1　岩上：《詩的存在：現代詩評論集》（高雄縣：派色文化出版社，1996年）。

2　向陽：〈為現代詩把脈——評岩上《詩的存在》〉，《聯合文學》，第12卷12期（144期）（1996年10月），頁165。

已累積一定成果，這方面可以《岩上作品論述》上、下兩冊為代表。[3]
相較之下，研究岩上詩論者則相對較少，目前可見諸陳千武、向陽、
王常新、趙天儀、曾進豐、丁威仁等人研究。其中，又分為「書評」
類：如陳千武〈詩的存在——看岩上著《現代詩評論集》〉[4]、向陽
〈為現代詩把脈——評岩上《詩的存在》〉、王常新〈現實主義的大眾
化詩學——評岩上的《詩的存在》〉；「綜論」類：趙天儀〈現實與超
現實的結合——論岩上的詩與詩論〉[5]、曾進豐《經驗與超驗的詩性
言說——岩上論》；「詩論」類：丁威仁〈岩上詩論研究〉。

在評介《詩的存在》方面，無論就向陽指出的「它標誌出了詩人
岩上對於詩的本體論述，同時也展現了相較於七○年代青年詩人群高
標的『唯寫實論』更為沉穩的『從現實出發而拋棄現實』的新現實主
義觀點」[6]，或是王常新認為的「現實主義的大眾化詩學」[7]，在在提
示我們：岩上詩論中似有一種非傳統的現實主義傾向。而在綜論岩上
詩作與詩論方面，曾進豐以專書進行論述，專闢一章探討岩上的詩
論，又歸納為本體論、創作論、批評論三方面加以分析說明，得出：
「岩上主張詩以現實為土壤，以生活經驗為內容，強調詩的人味、人
性、人間性，同時注重詩的表現技巧，追求詩的藝術美感，在意識與
美學之間取得最佳平衡，是為其創作、鑑賞及批評的最終準據。」[8]

---

3 趙天儀、陳明台等著：《岩上作品論述》（南投市：南投縣文化局，2015年11月）。

4 陳千武：〈詩的存在——看岩上著《現代詩評論集》〉，《臺灣日報》，副刊，1996年
10月2日。

5 趙天儀：〈現實與超現實的結合——論岩上的詩與詩論〉，《靜宜人文學報》，第8期
（1996年7月）。

6 向陽：〈為現代詩把脈〉，《聯合文學》，第12卷12期，頁165。

7 王常新：〈現實主義的大眾化詩學——評岩上的《詩的存在》〉，《笠詩刊》，第198期
（1997年4月）。

8 曾進豐：〈第三章 存在，秩序：岩上的詩學體系〉，《經驗與超驗的詩性言說——岩
上論》（臺北市：秀威資訊科技股份有限公司，2008年1月），頁84。

丁威仁則是集中分析岩上的整體詩論，試圖詮釋其一路以來的詩論架構。[9]

不同於前行研究，本文鎖定在岩上早期詩論，旨在將其詩論放回到生發的一九七〇年代脈絡之中，來探討與現代詩論戰新興詩社呼籲關懷現實與笠詩社的「現實詩學」，又有何差異？

二 一九七〇年代現實詩學

一九七〇年代現代詩論戰是將戰後現代詩史推向「現實」維度的一大戰役。這場論辯的批判方，主要為學院派（關傑明、顏元叔、唐文標等）與新興詩社戰後世代詩人（如「龍族」），但是成員背景複雜，各自追求理念不同、談論層次也不同。在呼籲回歸現實的過程中，雖然看似「現實」的單音獨奏，實際上卻是多音交響。其中，當屬唐文標批判現代詩嚴重的西化傾向、強調現實與社會性最為一枝獨秀，但也因為其犀利的批判風格與抹煞戰後現代詩的發展，使得詩壇一致對外進行批判。最後由《創世紀》第三十七期詩論專號引進政治力作為總結，除了將詩的「社會化」等同於「社會主義」，也將詩的「大眾化」曲解為「普羅思想」。[10]

笠詩社在論戰期間的走向也頗耐人尋味，一反以往的低調路線，開始高分貝地大聲疾呼關懷現實，也宣稱自創刊起便維持的現實傳統。雖然甚少在論戰的主要刊物中發表，卻也偶因刊登私人書信而為讀者所知。相較之下，「笠」在論戰期間的批判力道非常有限，既沒

9　丁威仁：〈岩上詩論研究〉，《當代詩學》，第12期（2018年2月），頁3-43。

10　陳瀅州：《七〇年代以降現代詩論戰之話語運作》（臺南市：臺南市立圖書館，2008年）。

有如唐文標以一敵百，也沒有像顏元叔那樣捉對廝殺。[11]

「笠」對於詩的語言形式上的探究，在《笠》第二十一期「對『難懂的詩』的看法」討論之後，開始針對詩壇的晦澀現象做檢討，例如吳瀛濤強調現代詩要走易懂、易讀的方向。而在現實內容方面，桓夫指責逃避現實與人生的作品，違背了詩的本質。

若真要指出「笠」與現代詩論戰有直接相關的，可能就數幾位同仁在《龍族》評論專號上發表的文章，只是文章內容與該期所呈現的批判性，相對而言是少了些，但也呈現出對詩壇現代主義流弊的批評。例如趙天儀透過回顧「笠」的發展，指出其跨語詩人的作品在於追求「詩的精神」而呈現出現實、民族、鄉土等面向，尚有戰後世代詩人先批「藍星」、後評「創世紀」，並且說明詩壇的未來是要以鄉土與現實為基底來發展的。岩上也在此評論專號發表了一篇〈論詩想動向的秩序〉。

《笠》第五十四期，李敏勇〈再出發〉批判盛行於詩壇的超現實主義與古典經驗主義，認為這些詩都是以漠視現實為立場；應該要凝視現實的真實，別再逃避現實，勇敢面對社會與民族所呈現的問題。[12]這篇文章標示著「笠」正式公開地強調「現實」的重要性，以及重申對超現實主義與古典經驗主義的批判。五十七期〈石頭的立場〉，提出「本刊自創刊迄今，素以重視現實的課題著稱。」這篇文章正式宣告「笠」向來就強調「現實」的追求，從而建立起「笠」的「現實」傳統。[13]

然而，岩上可說是笠詩社同仁中的少數，現代詩論戰期間三種主

---

11 陳瀅州：《戰後臺灣詩史「反抗敘事」的建構》（臺南市：臺南市文化局，2016年4月）。

12 傅敏：〈再出發〉，《笠》，第54期（1973年4月），頁1。

13 傅敏：〈石頭的立場〉，《笠》，第57期（1973年10月），頁5。

要詩刊評論專號、詩論專號中都刊有其詩論文章。以下將從這幾篇評論文章中來探析岩上在現代詩論戰期間所關懷的面向。

三　岩上早期詩論

　　早在現代詩論戰之前，笠詩社在一九六〇年代後半葉便明確地批判「偽詩」。偽詩指的是那些穿上詩的外衣，托言超現實與虛無，卻只是玩弄文字、毫無詩意的文字堆疊的那些詩。因此，偽詩一詞在岩上作品中經常出現，是有其時代背景的。岩上〈詩的來龍去脈〉發表於《主流》第九期，開篇就提及只要追蹤詩的來龍去脈後，就可以「判定詩的真偽」。岩上認為雖然詩從現實而來，但不能完全如實地紀錄現實生活：「現實中的諸現象，並非就是詩。詩與現實的差距，必須依賴詩人心靈的透視力藉語言去聯接與調配。」[14]現實必須透過詩人的巧手來構思呈現。以此為出發點，有底下三種型態的詩，一、從「有」到「有」：「詩根植於現實，但必須從現實中超越」，「從現實中超越，而又落入現實」。[15]二、從「有」到「無」：「詩是從現實出發而拋棄現實」，「所謂『羚羊掛角，無跡可求』，只是它的『跡』像風箏的線被隱藏罷了。」[16]一首詩完成之後，並非「羚羊掛角，無跡可求」，而是跡象被潛伏而已。岩上在此對嚴滄浪詩話提出新的見解，而不同於創世紀詩社同仁如洛夫經常正面援引。三、從「無」到「有」：

14　岩上：〈詩的來龍去脈〉，《主流》，第9期（1973年6月）。收錄於氏著《詩的存在》（高雄縣：派色文化出版社，1996年），頁63。

15　岩上：〈詩的來龍去脈〉，頁64。

16　岩上：〈詩的來龍去脈〉，頁65-66。

詩從詩人的內在去挖掘而煥發詩人的精神、思想、感情等以射放詩的波光。（略）但從詩人內心想像引發的詩，純屬主觀而個人奇遇性的湧現。這種詩由來隱晦，幻滅無常，撲朔迷離，必須以現實的客觀條件做為依靠，亦即必須把詩人的詩想在表現的言語上凝定，否則與夢囈無異。[17]

以上三種詩型態都是可能的，但絕對不能從「無」到「無」，因為完全脫離現實的詩根本不是詩：

不能令人共享的，不是詩。

存在於詩壇而不能使人看懂的詩，就是這種無的而放空箭的詩。這種偽詩的製造只是在超離現實的幻覺中，進行其造詩的虛榮心的勾當罷了。

詩必須把清醒的詩思凝定在可令人接受的共通的語言上，缺乏共通性的以致完全無法了解的文字屍堆猶如夢囈，不知所云。[18]

這篇文章中「夢囈」一詞也是重複出現，這是基於相同的時代脈絡——對於超現實主義流行所造成流弊的批判之一。不過，另一個值得注意的點在於「語言」：「把詩人的詩想在表現的言語上凝定」、「把清醒的詩思凝定在可令人接受的共通的語言上」。現代詩論戰批判現代主義詩的其中一點就在於晦澀難解，晦澀難解除了內容之外，乘載內容的語言運用也是一大問題，因此當時也有提倡語言明朗化的呼聲。岩上雖然沒有強調語言明朗，但是指出「可令人接受的共通的語言」也是相同方向的看法。

---

17 岩上：〈詩的來龍去脈〉，頁67。
18 岩上：〈詩的來龍去脈〉，頁68-69。

　　《龍族》第九期「評論專號」刊登了岩上〈論詩想動向的秩序〉。岩上認為從引發詩想到完成一首詩，必須掌握「詩想的動向」，才能讓詩的架構更有組織。接著，在詩想的動向上列舉箭矢型、輻輳型、輻射型、波浪型等四種型態，分別以桓夫〈摩托車〉、余光中〈雙人床〉、洛夫〈石室之死亡〉、白萩〈雁〉為例。簡單來說就是直線式發展、焦點式集中、發散式擴散、起伏連綿型。他指出最後一種波浪型兼有各型優點，而無箭矢型過直、輻輳型過顯、輻射型過澀（晦澀）的缺點，是一般詩人廣泛使用的詩作型態。然而，顯而易見的是，岩上批判詩壇上的晦澀現象與偽詩充斥，但是對於論戰期間經常被新世代詩人群批判為晦澀難解的現代詩負面教材（洛夫〈石室之死亡〉），則是予以正面肯定。只是他認為要寫這種類型的詩成功與失敗僅是一線之隔：「要有冒風險的勇氣與雄渾的功力，否則不易成功，流為偽詩」[19]。

　　陳芳明在《書評書目》上批評葉維廉「詩言志」與「純粹經驗」的說法[20]，岩上在《主流》第十期「評論專號」發表〈詩‧感覺與經驗〉[21]抒發己見，岩上反駁陳芳明的批評，認為葉維廉對「詩言志」的解說相當肯切，不過對於其「純粹經驗」則認為只不過是一種理想，並且引用楚戈認為葉維廉近期作品造成讀者閱讀障礙，來說明作為表現手段是站不住腳的。

　　《創世紀》第三十七期「詩論專號」刊載岩上〈論詩的繪畫性〉。通篇一言以蔽之，即詩的繪畫性在於是否應用繪畫原理，也就

---

19 岩上：〈論詩想動向的秩序〉，頁87。
20 陳芳明：〈秩序如何生長？——評葉維廉〈秩序的生長〉〉，《書評書目》，第7期（1973年9月），頁6-18。
21 岩上：〈詩‧感覺與經驗〉，《主流》，第10期「評論專號」（1974年3月）。收錄於氏著《詩的存在》。

是「其詩的表現技巧具有圖畫意境的性質」[22]。岩上認為古詩寫景之所以成功，在於運用了繪畫原理（如「透視法」），復引王維〈山居夜暝〉、李白〈將進酒〉、杜甫〈旅夜書懷〉等作品來說明。然而，就岩上的看法，繪畫性不能只是外表的呈現，重點在於內在意象的繪畫經營，因此詩的繪畫性只有「在詩的內在本體的意象、意境中呈現才有意義」[23]，以及它應該是「以文字語言表現在詩中的畫境，而不是藉文字的羅列示出景物的形狀」[24]。職是之故，我們便可以理解為何岩上會批評林亨泰在《現代詩》時期的圖象詩，並駁斥白萩〈由詩的繪畫性談起〉一文中說的「以圖示詩」，其因盡在於此。文末，岩上拋出了一個問題：

> 今日當我們大大地醒悟被「橫的移植」所酖毒，而想回歸「縱的繼承」之際，我們該回歸傳統的什麼東西呢？就以繪畫性在古詩的優異表現之技巧，這一豐饒的遺產來說，不是值得我們在深加鑽研而學習的嗎？[25]

現代詩論戰以迄整個一九七〇年代詩壇討論的議題，可概括在「現實主題」、「語言明朗」、「回歸傳統」三方面。除了前述的現實與語言主題外，岩上不僅追問了回歸什麼「傳統」或者回歸傳統中的什麼，也透過分析古詩繪畫性的成功，進而思索繪畫性能否被用於現代詩，提供他的見解。

---

22 岩上：〈論詩的繪畫性〉，《創世紀》，第37期「詩論專號」（1974年7月）。收錄於氏著《詩的存在》，頁94。

23 岩上：〈論詩的繪畫性〉，頁107。

24 岩上：〈論詩的繪畫性〉，頁110。

25 岩上：〈論詩的繪畫性〉，頁118。

四　結語

　　一九七六年岩上創辦「詩脈」詩社，《詩脈》季刊創刊。創刊號上〈詩脈的律動〉列出三個願望，明確地揭櫫詩社宗旨：

> 一、繼承中國詩的傳統，一脈傳承，使詩的命脈永遠律動綿延
> 　　奔流。
> 二、探討詩的來龍去脈，把握詩的本體，建立正確客觀的理論
> 　　批評根據。
> 三、以精心誠懇的態度為詩把脈，希望對詩集詩壇的某些病態
> 　　有針砭的作用。[26]

並且期許在這三個願望下，只要不損傷詩的表現，能夠調和詩的所有屬性，包含民族性、社會性、鄉土性、現實、超現實、音樂性與繪畫性等。其中，無論是回歸「傳統」、探討「詩的來龍去脈」，都是岩上在前幾篇詩論中闡述的概念，或許岩上就是將之前發展出來的詩論，以「詩社」形式來加以推廣。

　　該期〈編輯手記〉說明「詩脈」結社的用意：有別於詩壇中詩社林立、卻是門戶緊閉的現象，因此邀請大家結伴而行。[27]創刊號中還有一篇岩上〈論詩的存在〉，可說是岩上早期詩論之集大成，前面幾篇詩論提及的相關元素，或多或少地都在這篇文章中呈現。

　　首先，關於詩存在於何處，他提出三個層次：存在於「宇宙物象的現實中」、「人類心靈及其想像中」，以及「人類心靈與對萬物萬象觀照融合的感悟中」，然而以第三個不偏向物質與心靈任何一方最為

---

26 本社：〈詩脈的律動〉，《詩脈》季刊，第1期（1976年7月），頁1。
27 本社：〈編輯手記〉，《詩脈》季刊，第1期（1976年7月），頁52。

適切。在此談的還是他對「現實」的看法，他關注現實，卻不向現實傾斜。其次是關於「語言」之於詩的重要性：「所有詩的存在必須套上語言的韁繩才能認可而確定存在的價值，所以吾人認為詩的完成在於語言文字表現的成功。」[28]並且指出對於讀者而言，「詩如果要展示在讀者的面前，就得接受讀者的裁斷，是故不能適當以語言文字表現而讀不懂的詩，詩是不存在的」[29]。最後，詩存在於「有」（實體）與「無」（虛象）之間的融合，亦即前文提及的「從『有』到『有』」至「從『無』到『有』」，尤其是說到：「至於『無』與『無』而沒有現實作為依持的自我想像，吾人認為那只是自我陶醉而已，不可能有詩的存在。」[30]也令我們想起〈詩的來龍去脈〉中所說的，完全脫離現實的詩不能算是詩（從「無」到「無」）。

顯而易見地，岩上的早期詩論已自成一套體系，藉此反思詩人身份，並且引導身為評論家的批評工作。一九七○年代現代詩論戰期間談論的「現實」並非鐵板一塊，即使笠詩社內部也有層次上的不同。觀察岩上詩論中的「現實」，可稱之為一種調和論：詩是在現實與超現實之間調和；詩是現實世界與心靈世界的調和；詩是在有、無之間調和。此後岩上陸續發表詩論，集結出版《詩的創發》與《詩的特性》。上述詩論的調和論述，也在晚近〈詩與太極拳〉中陳述：

> 基本上，我的文學觀崇尚現實主義，從生活經驗中取材但不排除現代主義的表現手法，包含超現實主義。太極拳是一種非常重視扎根的運動，講究下盤的穩健，兩腳踏實於大地，它的拳架手法剛柔並濟，並不虛晃耍弄花招，實在很合乎我的詩觀美

---

28 岩上：〈論詩的存在〉，《詩脈》季刊，第1期（1976年7月），頁24。

29 岩上：〈論詩的存在〉，頁27。

30 岩上：〈論詩的存在〉，頁39。

學。[31]

岩上的詩論一路走來始終如一，沒有太多的修正，在現實／超現實、虛／實、有／無之間尋找調和，與其教授的太極拳法遊走於剛柔之間，相得益彰。上述引文中，「兩腳踏實於大地」有著若干現實的喻示，而「不虛晃耍弄花招」意味著性喜樸實。岩上對於從一九七〇年代以來便已成形的詩觀、詩論一直「念念不忘」，也必定會有「知音迴響」。

---

31 岩上：〈詩與太極拳〉，《綠意》（南投市：南投縣文化局，2015年），頁133。

引用及參考書目

一　專書

岩　上　《詩的存在：現代詩評論集》　高雄縣　派色文化　1996年

岩　上　《綠意》　南投市　南投縣文化局　2015年

陳瀅州　《七〇年代以降現代詩論戰之話語運作》　臺南市　臺南市立圖書館　2008年

陳瀅州　《戰後臺灣詩史「反抗敘事」的建構》　臺南市　臺南市文化局　2016年

曾進豐　《經驗與超驗的詩性言說──岩上論》　臺北市　秀威資訊科技股份有限公司　2008年1月

趙天儀、陳明台等著　《岩上作品論述》　南投市　南投縣文化局　2015年11月

二　期刊論文

丁威仁　〈岩上詩論研究〉　《當代詩學》　第12期　2018年2月

趙天儀　〈現實與超現實的結合──論岩上的詩與詩論〉　《靜宜人文學報》　第8期　1996年7月

三　雜誌文章

王常新　〈現實主義的大眾化詩學──評岩上的《詩的存在》〉　《笠詩刊》　第198期　1997年4月

向　陽　〈為現代詩把脈──評岩上《詩的存在》〉　《聯合文學》　第12卷12期　144期　1996年10月　頁165

岩　上　〈詩脈的律動〉　《詩脈》季刊　第1期　1976年7月

陳芳明　〈秩序如何生長？──評葉維廉〈秩序的生長〉〉　《書評
　　　　書目》　第7期　1973年9月

傅　敏　〈石頭的立場〉　《笠》　第57期　1973年10月

傅　敏　〈再出發〉　《笠》　第54期　1973年4月

四　報紙文章

陳千武　〈詩的存在──看岩上著《現代詩評論集》〉　《臺灣日
　　　　報》副刊　1996年10月2日

岩上現代詩的色彩意象

李桂媚

臺北教育大學臺灣文化研究所碩士

摘要

　　喜歡繪畫的岩上對詩的繪畫性特別關注，他認為繪畫與寫作其實是相通的，只是媒材不同，展讀岩上詩作集可以發現，色彩詞在岩上筆下頻頻出現，其中，以白、黑、紅色出現頻率最高，而紅色也常以火、血、太陽等紅色意象的形式出現。本文聚焦於岩上詩作的黑、白、紅三大色彩意象，期能一探岩上以詩作畫的特色，通過本文的討論可以發現，岩上對色彩意象的經營，一方面是他以藝術、《易經》、太極拳為養分，開展出的成果，另一方面，是他觀照世界、探索生命的感悟。

關鍵詞：岩上、色彩意象、黑色、白色、紅色

一　前言

　　一九五五年至一九五八年岩上就讀臺中師範學校時，選修了美術課程，雖然他當時喜歡美術更勝於文學，但考量繪畫材料所費不貲，小學老師的薪水可能無法負荷，因此曾獲臺灣省學生美展第三名的岩上，忍痛放棄了繪畫，在理想與現實之間選擇了文學[1]。儘管岩上沒有成為畫家，但藝術的薰陶成為他創作的養分，對繪畫的喜愛也表現在他的創作上，蔡秀菊便曾指出「岩上的抒情詩頗有圖畫之美」[2]，岩上也自言，對繪畫的喜好讓他對詩的繪畫性特別關注[3]。

　　岩上認為繪畫與寫作其實是相通的，「詩的繪畫是詩的內在風景，也是心象，這是詩本質上所賦有的，是詩與畫交融自然的呈現。」[4]他在〈論詩的繪畫性〉一文也談到：

> 詩人與畫家對於自然的觀照態度是根本相同的；就是在進行寫詩或作畫的心路歷程也是相同的，所異者只是畫家用形狀色彩線條描寫；詩人則用語言文字來描寫，其表現的工具與技術不同而已。[5]

---

1 陳瀅州記錄整理：〈孤吟岩上與獨行郭楓的另類交響〉，收於郭楓等作《遠方的歌詩：十二場臺灣當代詩、散文與兒童文學的心靈饗宴》（臺南市：臺灣文學館，2008年），頁23。

2 蔡秀菊：〈八〇年代的臺灣社會縮影——論岩上現代詩中的現實性格〉，收於陳明台等著《岩上作品論述第二集》（南投市：南投縣政府文化局，2015年11月），頁177。

3 王宗仁：〈「笠詩社與臺灣現代詩發展」專訪岩上〉，收於趙天儀等著《岩上作品論述第一集》（南投市：南投縣政府文化局，2015年11月），頁453。

4 岩上：〈淺論詩與畫的語言交集與分歧〉，《詩的創發：現代詩評論》（南投市：南投縣政府文化局，2007年12月），頁74。

5 岩上：〈論詩的繪畫性〉，《詩的存在：現代詩評論集》（高雄縣：派色文化出版社，1996年），頁93-118。

展讀岩上詩作集可以發現，色彩詞在岩上筆下頻頻出現（詳參表1），詩人藉由色彩的經營，或烘托情境，或象徵情感，閱讀文字雖然不會直接看見顏色，卻能喚起讀者記憶裡的色彩印象與內在聯想，開展出立體的想像。從首部詩集《激流》到最新的《變體螢火蟲》，岩上十三冊現代詩詩集裡，白色出現的次數總計高達四七六次，與使用四七〇次的黑色不相上下，顯見白與黑都是詩人偏好使用的色彩意象。

此外，排名第三的紅色雖然僅有一四四次，但李瑞騰、王灝、曾進豐、黃明峰等研究者都觀察到岩上詩作的血意象特徵，李瑞騰點出在《冬盡》詩集裡，幾乎「每四首就有一首詩有『血』」[6]，王灝也肯定血是岩上「詩中十分明顯而常出現的意象」[7]，曾進豐則說「岩上喜歡以『血』傳達情感思維」[8]。黃明峰除了血，更進一步論及岩上詩作不乏烈火、豔陽等劇烈燃燒的詞彙[9]，丁威仁亦曾論及，岩上詩作常見燃燒類意象，其中以太陽與火最常使用[10]，而血、火、太陽都是紅色意象的形體化，因此紅色意象同樣是探討岩上詩作色彩美學不可忽視的關鍵。黑與白是無彩度的世界，紅色則是暖色調的色彩，本文將聚焦於岩上詩作的黑、白、紅三大色彩意象，期能一探岩上以詩作畫的特色。

---

6 李瑞騰：〈爬行在灰白牆壁上的影子──為岩上詩集「冬盡」的出版而寫〉，收於岩上《冬盡》（臺中市：明光堂印書局，1980年），頁231。

7 王灝：〈點亮慰藉的星芒──小論岩上情詩中的詩情〉，收於岩上《愛染篇》（臺北市：台笠出版社，1991年），頁119。

8 曾進豐：《經驗與超驗的詩性言說──岩上論》（臺北市：秀威資訊科技股份有限公司，2008年1月），頁206。

9 黃明峰：〈嶢岩之上的劍客──論岩上詩藝的變化〉，收於陳明台等著《岩上作品論述第二集》（南投市：南投縣政府文化局，2015年11月），頁184。

10 丁威仁：〈初論岩上詩裡「燃燒」類意象傳達的生命思維──以「太陽」與「火」為例〉，《臺灣詩學季刊》，第38期（2002年3月），頁159。

表一　岩上詩集色彩字出現次數統計

詩集 顏色	激流	冬盡	臺灣瓦	愛染篇	岩上詩選	岩上八行詩	更換的年代	針孔世界	岩上詩集	岩上集	漂流木	另一面詩集	變體螢火蟲	總計
白	11	11	16	12	14	7	50	95	101	91	21	25	22	476
黑	11	9	7	3	9	9	38	104	110	100	19	22	29	470
紅	7	18	5	10	13	4	16	9	9	2	14	12	25	144
黃	5	7	5	4	9	1	14	7	5	4	9	5	9	84
青	3	3	14	7	7	1	17	4	1	2	3	4	12	78
綠	2	2	3	1	4	4	7	5	3	0	10	13	11	65
灰	3	7	8	2	9	1	9	1	1	1	2	1	7	52
金	1	3	2	0	3	1	6	2	3	2	8	7	10	48
藍	1	4	3	3	4	0	5	0	1	1	6	9	8	48
銅	1	3	1	0	2	0	4	0	1	2	3	0	2	19
銀	0	0	2	0	0	0	4	1	1	3	3	1	0	15
紫	2	1	0	0	2	0	0	2	2	0	1	0	2	13
橘	0	0	0	1	1	0	0	1	0	1	0	0	1	5
粉紅	0	0	1	0	0	0	0	0	0	0	0	0	1	2
靛	0	0	0	0	0	0	0	1	1	0	0	0	0	2
卡其	0	0	0	0	0	0	1	0	0	0	0	0	0	1
褐	0	0	0	0	0	0	0	0	0	0	0	0	1	1

二　交相辯證的黑白意象

　　自然界在黑夜與白晝間不斷交替，黑與白是人們最早認知到的色彩，黑色在古代也被用來形容天空的顏色，但並非泛指整個夜空，而

是「群星永不下沉的天空極北處」[11]。白與黑不只是日夜的象徵，也代表著天地乾坤等關係，看似相對其實相連，形成了始與終的循環，一如黃仁達所指陳的：「日光的白色在《易經》中與晚上的黑色分別代表陽極和陰極，表示宇宙世界日夜運行，循環不息的自然天文現象」[12]。

在色彩意涵上（詳參表1）[13]，黑色的負面聯想多於正面，白色則正面多過負面，兩者的意涵都相當豐富，值得注意的是，黑與白在某些象徵意義上呈顯出對應的關係，例如：錯誤／正確、髒汙／乾淨、邪惡／純潔、夜晚／白天、墨／白紙……另一方面，黑與白的抽象聯想也有所重疊，兩者都有無、無限、恐怖等意涵。

表二　黑色、白色的色彩聯想

顏色	具象聯想	抽象聯想
黑	夜晚、炭、墨、煤、喪禮、烏鴉、黑貓、影子、頭髮、輪胎、鋼琴	錯誤、罪惡、骯髒、汙點、死亡、凶兆、惡魔、恐怖、黑暗、邪惡、閉鎖、絕望、冷酷、壓迫、重壓、陰鬱、孤獨、悲哀、畏懼、不安、陰氣、不幸、苦、後悔、病、犯罪、不安全、沉默、深沉、嚴肅、嚴格、莊嚴、優雅、穩重、高級、高

---

11 廿一世紀研究會原著，張明敏譯：《色彩的世界地圖》（臺北市：時報文化出版企業股份有限公司，2005年6月），頁15-16。

12 黃仁達：《中國顏色》（臺北市：聯經出版事業公司，2011年），頁210。

13 大智浩著，陳曉岡譯：《設計的色彩計劃》（臺北市：大陸書店，1982年），頁36；何耀宗：《色彩基礎》（臺北市：東大圖書，1984年），頁71；李銘龍編著：《應用色彩學》（臺北市：藝風堂，1994年），頁32-35；谷欣伍編：《色彩理論與設計表現》（臺北市：武陵出版有限公司，1992年），頁184；林昆範：《色彩原論》（臺北市：全華圖書，2005年），頁103-104；林書堯：《色彩認識論》（臺北市：三民書局，1986年），頁169-171；林磐聳、鄭國裕編著：《色彩計劃》（臺北市：藝風堂，1999年），頁66；賴瓊琦：《設計的色彩心理：色彩的意象與色彩文化》（臺北縣：視傳文化，1997年），頁222-229。

顏色	具象聯想	抽象聯想
		貴、科技、力、神祕、秘密、異次元、地獄、深淵、無、無限、靜、結束、北方
白	白天、雪、雲、霧、冰凍、牛奶、白紙、白牆、棉花、護士、兔子、鴿子、襯衫、新娘、鹽	正確、純潔、樸素、清潔、乾淨、清爽、寂靜、真誠、善良、單純、新鮮、率直、信仰、虔誠、神聖、空靈、虛無、空白、空洞、透明、光明、明亮、刺眼、完全、未來、幸福、天真、自由、可能性、無、無限、和平、正義、原點、永遠、空間、冷淡、柔弱、寒冷、投降、背叛、恐怖、冷峻、西方

對黑暗的害怕讓黑色自古就被視為「兇惡之色」[14]，就像貝蒂·愛德華所言：「黑色代著死亡、喪事，以及邪惡。濃濃的黑色帶來濃濃的負面意涵，象徵著惡兆、地獄、天譴。」[15]岩上筆下的黑色經常承載著負面意涵（詳參附表2），〈夜乘貨車〉選用「無情」來形容黑夜[16]；〈孤煙火葬場〉最末寫道：「一列列進洞的人生列車／末站乃無底的黑／只有悶燒／不見光亮」[17]，將被推進火化爐的遺體比擬為列車，伸手不見五指的黑暗則隱喻著生命的終止；〈水牛〉一詩開頭便是：「水牛總是埋怨自己灰黑的顏色／非常嫉妒天空的藍」[18]，透過水牛對天空藍色澤的羨慕，突顯黑色的不討喜；〈木屐〉裡「那烏鴉總是預告不吉利」、「夜黑／摸不出方向」[19]，則藉由黑色來強化不幸與不安。

---

14 陳魯南：《織色入史箋：中國顏色的理性與感性》（臺北市：漫遊者文化事業股份有限公司，2015年12月），頁241。

15 貝蒂·愛德華（Betty Edwards）作，朱民譯：《像藝術家一樣彩色思考》（臺北市：時報文化出版企業股份有限公司，2006年11月），頁174。

16 岩上：〈夜乘貨車〉，《臺灣瓦》（臺北市：笠詩刊社，1990年），頁51。

17 岩上：〈孤煙火葬場〉，《更換的年代》（高雄市：春暉出版社，2000年12月），頁167。

18 岩上：〈水牛〉，《岩上詩選》（南投市：南投縣立文化中心，1993年10月），頁49。

19 岩上：〈木屐〉，《冬盡》（臺中市：明光堂印書局，1980年），頁184-185。

　　同時運用了「黑」與黑色意象「夜」的詩作〈夜〉，更是透過黑色的塗佈，揭示人性的黑暗：

　　　　用黑色來包裝萬物
　　　　夜透明成了水晶體

　　　　你將窺見到陽光之下
　　　　無法捕捉的清醒如精靈的跳躍

　　　　邁入夜的深沉隧道
　　　　所有潛伏的意識都曝現成蠢動的菌類

　　　　不斷探索夜的漏洞
　　　　人類以同樣黑的面目尋找出路[20]

「水晶體」有兩層意涵，一是在黑夜的籠罩下，萬物都像覆蓋著一層半透明的黑色，被黑夜包裝起色彩，二是借「水晶體」來象徵眼睛，夜提供了寧靜與清醒的時刻，帶著黑色的眼睛看夜世界，可能會發掘不同於白日的風景，但也可能隨著慾望與私心的繁殖，人性面的陰暗就此顯現。

　　黑色的黑暗讓人心生恐懼，而白色雖然是純潔的形象，但大量的白色仍會產生壓迫感，岩上詩中的白色，同樣常與負面意涵相連結（詳參附表2），時而是「蒼白」，時而是「空白」，時而是「灰白」，比如：〈路沖〉裡「牛肉攤豎白旗」[21]，向現實認輸；〈思婦〉聽信

---

20 岩上：〈夜〉，《岩上八行詩》（高雄縣：派色文化出版社，1997年），頁42。
21 岩上：〈路沖〉，《臺灣瓦》（臺北市：笠詩刊社，1990年），頁72。

「夢裏一位白髮的神仙說的」，最後「死在梳妝臺上」[22]，本該象徵智慧的白髮，在此成了死亡的召喚；〈昨夜〉有「死去的蒼白／愛與恨／以及我的孤獨」[23]，當情感消失殆盡，剩下的空白怎不讓人感到唏噓；〈冬天的面譜〉以「漆白」[24]寫冬天，〈樹〉一詩用「枯白」[25]形容秋冬，到了〈林中之樹〉，更是以「白骨崢嶸」[26]來描摹冬色的蕭瑟，「崢嶸」有山勢高聳的意思，也用來比喻突出，但「崢嶸」的卻是枯骨，更顯淒涼；再看詩作〈窗外〉，「一片白雲」看似美麗，卻「剪斷了伸延的視線」[27]，開闊的情景因而戛然而止。

　　林淇瀁指出岩上「深受《易》理影響，用之於詩、用之於生活，因此觸及到人生的變易哲理」[28]，岩上亦自言太極拳的虛實變化、剛柔並濟、相剋相生讓他「領悟了詩蘊層漸的張力與詩思動向脈絡以及縱收不失厥中的道理和拳術中的虛實分明而求中定，有異曲同工之妙。」[29]陰陽、虛實、有無等二元思維，在岩上詩中也以黑與白的形式出現，反覆辯證生命與現實。

　　由三十首短詩組成的〈眼睛與地球的凝視〉[30]，巧妙並置了同樣屬於圓形的地球和眼睛，辯證大小、生死、明暗、美醜、冷熱、虛實

---

22 岩上：〈思婦〉，《臺灣瓦》（臺北市：笠詩刊社，1990年），頁78。

23 岩上：〈昨夜〉，《冬盡》（臺中市：明光堂印書局，1980年），頁47。

24 岩上：〈冬天的面譜〉，《更換的年代》（高雄市：春暉出版社，2000年12月），頁4-5。

25 岩上：〈樹〉，《岩上八行詩》（高雄縣：派色文化出版社，1997年），頁2。

26 岩上：〈林中之樹〉，《激流》（臺北市：笠詩刊社，1972年），頁59。

27 岩上：〈窗外〉，《激流》（臺北市：笠詩刊社，1972年），頁65。

28 林淇瀁：〈不離人生，不離人間：冷凝沉鬱論岩上詩作風格〉，《當代詩學》，第3期（2007年12月），頁150。

29 岩上：〈從生活裂縫中綻開的花朵〉，《冬盡》（臺中市：明光堂印書局，1980年），頁197。

30 岩上：〈眼睛與地球的凝視〉，《另一面詩集》（南投市：南投縣政府文化局，2014年），頁108-123。

的課題，「美與醜／一半亮在陽光裡／一半墜入黑暗中」、「生死分辨／黑白兩面的球體」、「一半白一半黑的地球」等詩句，都運用了黑白對比來表現二元關係。

詩作〈髮〉以「烏黑亮麗的髮／都想結繫綺麗的夢」對比上「夢醒髮幡白」[31]，由黑轉白的髮絲代表青春年華及夢想的逝去；〈慾望的煙囪〉裡，「帶著口沫的白和灰燼的黑／嘔吐，從煙囪的出口射出」[32]，同時出現的白與黑，代表著利與弊，白是機械化生產的快速便利，黑是工業造成的環境汙染及破壞，可惜在利益的誘惑下，慾望的心早已無視廢氣對健康的危害。〈黑白〉一詩則是並置「黑白」與「彩色」，提出文明的反思：

> 黑白分明的年代
>
> 我們
>
> 期待
>
> 彩色世界的來臨
>
>
> 彩色電影
>
> 彩色電視
>
> 彩色電腦
>
> 紛呈而目炫的年代
>
> 人們懷念黑白的
>
> 寫真[33]

---

31 岩上：〈髮〉，《岩上八行詩》（高雄縣：派色文化出版社，1997年），頁52。

32 岩上：〈慾望的煙囪〉，《變體螢火蟲》（新北市：遠景出版社，2015年7月），頁34。

33 岩上：〈黑白〉，《更換的年代》（高雄：春暉出版社，2000年12月），頁1。

「黑白」與「彩色」不單是視覺圖像的變異，背後更隱含了工業發展、物質慾望、貧富差距等課題，在單純的黑白年代，滿心期待未來能充滿色彩，沒想到當彩色年代來臨，大家才猛然驚覺「黑白」的美好，誠如林廣所言：「從顏色到人心的矛盾，讓我們見證純樸世代的消逝，也了解彩色世界，原來不如想像中美好。」[34]

然而，黑白並非永遠分明，而是會互相滲透、渲染，〈混濁〉進一步探討黑與白的交相影響：

黑白　對立
黑白　分明
原本　清楚

當黑走向白
當白走向黑
成為交錯時
黑已不成黑
白已不成白

互染混濁

人們無感不覺地
陷入混濁中
比行走在黑夜

---

34 林廣：《探測詩與心的距離：品賞岩上的100首詩》（南投市：南投縣文化局，2013年），頁61。

更辨不出方向³⁵

當黑與白放在一起，在色彩的對比下，黑將顯得更黑，白也會顯得更白，如果黑白象徵是非，那麼因為惡的存在，正義更為重要，但當黑白混濁為一體，天下恐怕就沒有是非了。首段從黑白原本涇渭分明寫起，次段則是黑與白的互相靠攏、失去本色，第三段單獨一行的「互染混濁」，傳達混濁的過程，同時強調混色的發生，末段揭示在灰色地帶裡盲從，恐怕比在黑夜行走更摸不著方向。

對黑與白的深層觀察，以及對兩者疆界曖昧的憂心，也表現在詩作〈黑白數位交點〉³⁶中，第一段「白白白白白白白／白看　黑」，第二段緊接著「黑黑黑黑黑黑黑／仍然黑」，兩段開頭都是連用七個相同的色彩字，但意義上卻有所不同，白是善，黑是惡，堅守本分的善終究敵不過誘惑，注意起了惡，而一路壞到底的惡，絲毫不受善感化，繼續橫行。全詩以大量運用黑白詞彙的特色，一方面感嘆單純不再，如今「黑白不分的時代已形成／黑白不辨的面孔一具一具浮塑」，另一方面提出黑也可以「黑得發亮」，白也可能是「白費心機」等反思。

三　觀照生命的紅色意象

美國人類學家深入研究不同語言的色彩詞彙後指出，最初的色彩語言是白色與黑色，兩個色彩語言是同時存在的，而第三個出現的色

---

35 岩上：〈混濁〉，《岩上詩集》（高雄市：春暉出版社，2007年），頁59。

36 岩上：〈黑白數位交點〉，《針孔世界》（南投市：南投縣文化局，2003年），頁200-212。

彩表現語為紅色，[37]岩上現代詩白、黑、紅的色彩特徵正與人們對色彩認知的順序不謀而合。色彩詞通常同時擁有正面意涵與負面意涵，紅色自然不例外（詳參表3）[38]，林昆範認為：「紅色，在一般意象上有如紅毯般的華貴，或是紅顏般的美麗，但是也有如血紅般的戰爭等負面印象。」[39]

表三　紅色的色彩聯想

顏色	具象聯想	抽象聯想
紅	血液、心臟、太陽、夕陽、火、消防車、年節、廟宇、蘋果、番茄、草莓、花瓣	熱情、激情、熱烈、奔放、興奮、喜悅、狂熱、愛、感動、激烈、炎熱、勢力、革命、戰鬥、危險、警告、禁止、拒絕、緊張、忌妒、憤怒、生氣、爆發、燃燒、生命、活潑、積極、鮮豔、富貴、吉利、喜慶、女性、南方

岩上筆下的紅色也顯得意義豐富（詳參附表3），〈紫藤〉中「開滿了串串紫紅的花朵」[40]、〈花艷鳳凰木〉的「一陣火紅一陣歡騰」[41]、〈荷花〉裡「鮮紅的笑靨」[42]，都代表花朵的盛開，以及植物豐沛的

---

37 呂月玉譯：《色彩的發達》（臺北市：漢藝色研，1986年），頁14-15。

38 大智浩著，陳曉冏譯：《設計的色彩計劃》（臺北市：大陸書店，1982年），頁36；何耀宗：《色彩基礎》（臺北市：東大圖書，1984年），頁69-71；李銘龍編著：《應用色彩學》（臺北市：藝風堂出版社，1994年），頁18；谷欣伍編：《色彩理論與設計表現》（臺北市：武陵出版有限公司，1992年），頁182；林昆範：《色彩原論》（臺北縣：全華圖書，2008年），頁95-96；林書堯：《色彩認識論》（臺北市：三民書局，1986年），頁159-160；林磐聳、鄭國裕編著：《色彩計劃》（臺北市：藝風堂，1999年），頁66；賴瓊琦：《設計的色彩心理：色彩的意象與色彩文化》（臺北縣：視傳文化，1997年），頁130-133。

39 林昆範：《色彩原論》（臺北市：全華圖書，2005年），頁95。

40 岩上：〈紫藤〉，《岩上詩選》（南投市：南投縣立文化中心，1993年），頁29。

41 岩上：〈花艷鳳凰木〉，《岩上詩集》（高雄市：春暉出版社，2007年），頁79。

42 岩上：〈荷花〉，《激流》（臺北市：笠詩刊社，1972年），頁24。

生命力；〈夢境〉一詩寫道：「秋深／紅透了山巒」[43]，以滿山樹葉的紅色表現季節的轉換；〈過年〉中的「紅包」與「鮮紅的春聯」[44]，都是喜慶、吉利的象徵；〈埋葬〉中「紅色的棺木」[45]，選用喜慶常見的紅色，意味著感情的濃厚與喪事的隆重；在〈往日的戀情〉裡「妳問我紅頰的幾何」[46]，「紅頰」是害羞的臉龐，更是萌芽的愛情；〈鐵道列車〉的「鐵道指示訊號有時紅有時綠」[47]，紅色是危險的提醒。

　　誠如約瑟夫・亞伯斯在《色彩互動學》所言，當我們說出顏色詞「紅色」，如果現場有五十個人，每個人腦中浮現的顏色將會是五十種紅色，而且彼此心裡出現的色彩截然不同。[48]廣義上來看，紅、赤、朱、丹、絳、緋、赭、殷、茜、彤、緹、檀、赩、赮、駬等字都有紅色的意思[49]，岩上詩作亦可見到不同紅色字詞的運用，例如：〈意象畫〉開頭寫著：「眼睛流淌著藍色的顏料／骨骼架構著赭色的枝幹」[50]，透過藍與紅兩個對比色，突顯畫作寫意而非寫實的風格；〈盧山採藥記〉裡，「朱唇開著唇形朱色的花」[51]，以紅唇來呼應花的顏色與花名；〈秋意〉一詩，「山脈　當秋俯身而來／卻面紅耳赤」[52]，藉

---

43 岩上：〈夢境〉，《愛染篇》（臺北市：台笠出版社，1991年），頁18。

44 岩上：〈過年〉，《更換的年代》（高雄市：春暉出版社，2000年12月），頁38。

45 岩上：〈埋葬〉，《激流》（臺北市：笠詩刊社，1972年），頁44。

46 岩上：〈往日的戀情〉，《愛染篇》（臺北市：台笠出版社，1991年），頁12。

47 岩上：〈鐵道列車〉，《漂流木》（臺北市：秀威資訊科技股份有限公司，2009年3月），頁126。

48 約瑟夫・亞伯斯（Josef Albers）著，劉怡玲譯：《色彩互動學》（臺北市：積木文化，2015年4月），頁3。

49 此十五個紅字相關字為筆者參考教育部重編國語辭典修訂本（網址 http://dict.revised.moe.edu.tw/cgi-bin/cbdic/gsweb.cgi?ccd=KtA.LI&o=e0&sec=sec1&index=1）字詞釋義整理出。

50 岩上：〈意象畫〉，《更換的年代》（高雄市：春暉出版社，2000年12月），頁211。

51 岩上：〈盧山採藥記〉，《臺灣瓦》（臺北市：笠詩刊社，1990年），頁46。

52 岩上：〈秋意〉，《針孔世界》（南投市：南投縣文化局，2003年），頁頁19。

由紅與赤，刻畫秋葉轉為深深淺淺的紅。

　　再者，「赤」字本身代表火，赤色可用來形容血色的暗紅，赤日則是指橘紅的太陽[53]，火、血、太陽都是常見的紅色意象與聯想，在岩上現代詩中也頻頻出場，翻閱《岩上八行詩》，即可見到直接以〈火〉為詩題的詩作：

> 燃燒起來的憤怒，這世界
> 烽火連綿，無非不平的火在蔓延
>
> 其實人人心中都有一盞溫婉的火苗
> 溫慰自己，照亮別人
>
> 生命的延續，就靠那一點
> 不熄的火種來傳遞
>
> 火在水中滅，火從水中生
> 火，不滅的慾望[54]

第一段是憤怒點燃的烽火，第二段則是內心溫暖的火苗，一剛一柔之間，揭示火可以是殺人無情的戰火，也可以是照亮生命的燭光。三、四段闡明不管是惡火還是希望之火，只要火種尚未熄滅，就會延續下去，火雖然能被水撲滅，但很快又會再次燃起，因為火的源頭是慾望，只要人心的慾望無止息，火就會持續燃燒。此詩的紅色意象「火」，不只是代表燃燒與生命力，也同時象徵著愛和危險，正如丁

---

53 黃仁達：《中國顏色》（臺北市：聯經出版事業公司，2011年），頁12。
54 岩上：〈火〉，《岩上八行詩》（高雄縣：派色文化出版社，1997年），頁58。

威仁所指出，幾首運用火意象的作品，都傳達了「希望的火種、生命的延續、存在的堅持」[55]。類似的形象也出現在詩作〈燭〉，詩人寫道：「燃燒的傷口，決泄精髓的油膏／燦爛的火花，美了夜空的流亡」[56]，被火點燃的蠟燭，燃燒自己來照亮別人，燭火的微光就是最美的煙花，在漆黑的夜裡閃耀。

　　另一個紅色意象「血」，在岩上詩作中同樣揉合了多元意涵，試看〈切肉〉：

　　　　　肉塊在我的手掌邊緣
　　　　　沒有任何哀號
　　　　　沒有一滴血
　　　　　刀子急切急切而下
　　　　　爆出悅耳的聲音

　　　　　敏捷的動作成為自悅的法則
　　　　　刀子機械地上下揮動
　　　　　突然我發現
　　　　　自己的手掌也在肉堆裏
　　　　　早已切成了肉醬

　　　　　由於取悅於敏捷的動作
　　　　　我毫無痛苦的感覺
　　　　　漸漸的

55　丁威仁：〈初論岩上詩裡「燃燒」類意象傳達的生命思維──以「太陽」與「火」為例〉，《臺灣詩學季刊》，第38期（2002年3月），頁157。

56　岩上：〈燭〉，《岩上八行詩》（高雄縣：派色文化出版社，1997年），頁88。

　　我的血液流乾了

　　且染紅了眼前的世界[57]

下廚切菜時不小心被刀子劃到手是合理的，但將手掌切為肉醬而渾然不知，就屬於「超現實的奇想」[58]。嚴敏菁認為，詩人「用『血液』象徵『靈魂』」，「作者暗喻自己如肉塊一般，被生活生吞活剝地啃噬」[59]，「血」在詩中一共出現兩次，第一次是「沒有一滴血」，第二次是「我的血液流乾了」，兩句詩行都訴說著血已流失，沒有血液意味著生命的逝去，正因為失去了生命，所以「毫無痛苦的感覺」。值得注意的是，詩中我雖然用盡了血液與生命，但最後「染紅了眼前的世界」，這裡的紅並非滿地鮮血，而是生命的能量感染了世界，因此「血」是傷口、是生命，更是存在的肯定。流乾血液的還有〈昨夜〉一詩：「我流盡，我的血液／這是我的愛／也是我的恨」[60]，被愛所傷因而領悟，感情其實是愛恨並存的，血液是深切的感情，亦是傷痕與痛楚。

　　岩上筆下的太陽意象，也是正反意義並存的，曾進豐即曾指出：「太陽既是重重的挫折、嚴酷的考驗，又代表抵抗與奮鬥的力量，突破困境的喜悅。」[61]詩作〈笠〉高呼：「用我們銅色的背去灼傷太陽」[62]，傳達了正面迎向挑戰的積極，太陽不只是考驗，更是前進的力量；

---

57 岩上：〈切肉〉，《冬盡》（臺中市：明光堂印書局，1980年），頁20-21。

58 蕭蕭：〈岩上的位置〉，收於岩上《冬盡》（臺中市：明光堂印書局，1980年），頁206。

59 嚴敏菁：《岩上及其作品主題之研究》（嘉義縣：南華大學文學所碩士論文，2008年），頁138。

60 岩上：〈昨夜〉，《愛染篇》（臺北市：台笠出版社，1991年），頁56。

61 曾進豐：《經驗與超驗的詩性言說──岩上論》（臺北市：秀威資訊科技股份有限公司，2008年1月），頁217。

62 岩上：〈笠〉，《臺灣瓦》（臺北市：笠詩刊社，1990年），頁39。

〈仙人掌〉中，太陽帶來高溫的試煉，卻也是植物生長的必要條件，「一手撐持太陽／一手揮撒滾燙的狂沙」[63]就訴說著太陽是逆境也是順境的特質。

四　小結

　　獨具慧眼的詩人，在世界繽紛的色彩裡，看見外在環境與內在心靈激盪出的火花，進而藉由書寫與現實對話。通過前文對岩上現代詩色彩特徵的討論，可以發現，岩上對色彩意象的經營，一方面是他以藝術、《易經》、太極拳為養分，開展出的成果，另一方面，是他觀照世界、探索生命的感悟。

　　太極拳、易學哲理、道家精神有相融合處，啟發了岩上的詩觀，促使他探索「陰陽的相生相剋、對比與平衡」[64]，因此在岩上詩中，黑色和白色兩大意象常常同時出現，正反辯證著生與死、善與惡、利與弊等議題，〈黑白〉、〈混濁〉、〈黑白數位交點〉等詩作的文字看似簡單，意涵卻格外深刻，不只是在事物的變易中洞悉變及不變，岩上更透過黑與白的互相影響，揭示是非混淆的問題，提醒人們不要陷入灰色地帶而不自知。

　　在運用紅色意象的詩作裡，則可看見岩上從生活取材的創作特質，紅色是愛情的象徵，是日常生活觸目可及的紅綠燈、春聯，也是旅遊途中的花草樹木，因此岩上的詩作充滿人間性。詩中常見的紅色意象火、血、太陽，大部分是正反意涵同時並存的，這個特點其實與《易經》凡事都有正反的概念相呼應。

---

63 岩上：〈仙人掌〉，《變體螢火蟲》（新北市：遠景出版社，2015年7月），頁38。

64 王宗仁：〈「笠詩社與臺灣現代詩發展」專訪岩上〉，收於趙天儀等著《岩上作品論述第一集》（南投市：南投縣政府文化局，2015年11月），頁454。

引用及參考書目

一　詩集

岩　上　《冬盡》　臺中市　明光堂印書局，1980年

岩　上　《另一面詩集》　南投市　南投縣政府文化局　2014年

岩　上　《臺灣瓦》　臺北市　笠詩刊社　1990年

岩　上　《更換的年代》　高雄市　春暉出版社　2000年12月

岩　上　《岩上八行詩》　高雄縣　派色文化出版社　1997年

岩　上　《岩上詩集》　高雄市　春暉出版社　2007年

岩　上　《岩上詩選》　南投市　南投縣立文化中心　1993年

岩　上　《針孔世界》　南投市　南投縣文化局　2003年

岩　上　《愛染篇》　臺北市　台笠出版社　1991年

岩　上　《漂流木》　臺北市　秀威資訊科技股份有限公司　2009年
　　　　3月

岩　上　《激流》　臺北市　笠詩刊社　1972年

岩　上　《變體螢火蟲》　新北市　遠景出版社　2015年7月

岩上作，向陽編　《岩上集》　臺南市　臺灣文學館　2008年

二　專書

大智浩著，陳曉冏譯　《設計的色彩計劃》　臺北市　大陸書店
　　　　1982年

廿一世紀研究會原著，張明敏譯　《色彩的世界地圖》　臺北市　時
　　　　報文化出版企業股份有限公司　2005年6月

何耀宗　《色彩基礎》　臺北市　東大出版社　1984年

呂月玉譯　《色彩的發達》　臺北市　漢藝色研　1986年

李銘龍編著　《應用色彩學》　臺北市　藝風堂　1994年

谷欣伍編　《色彩理論與設計表現》　臺北市　武陵出版有限公司
　　　　1992年

貝蒂‧愛德華（Betty Edwards）作，朱民譯　《像藝術家一樣彩色思
　　　　考》　臺北市　時報文化出版企業股份有限公司　2006年11月

岩　上　《詩的存在：現代詩評論集》　高雄縣　派色文化出版社
　　　　1996年

岩　上　《詩的創發：現代詩評論》　南投市　南投縣政府文化局
　　　　2007年12月

林昆範　《色彩原論》　臺北市　全華科技　2005年

林書堯　《色彩認識論》　臺北市　三民　1986年

林　廣　《探測詩與心的距離：品賞岩上的100首詩》　南投市　南
　　　　投縣文化局　2013年

林磐聳、鄭國裕編著　《色彩計劃》　臺北市　藝風堂　1999年

約瑟夫‧亞伯斯（Josef Albers）著，劉怡玲譯　《色彩互動學》　臺
　　　　北市　積木文化　2015年4月

郭楓等作　《遠方的歌詩：十二場臺灣當代詩、散文與兒童文學的心
　　　　靈饗宴》　臺南市　臺灣文學館　2008年

陳明台等著　《岩上作品論述第二集》　南投市　南投縣政府文化局
　　　　2015年11月

陳魯南　《織色入史箋：中國顏色的理性與感性》　臺北市　漫遊者
　　　　文化事業股份有限公司　2015年12月

曾進豐　《經驗與超驗的詩性言說──岩上論》　臺北市　秀威資訊
　　　　科技股份有限公司　2008年1月。

黃仁達　《中國顏色》　臺北市　聯經出版事業公司　2011年

趙天儀等著　《岩上作品論述第一集》　南投市　南投縣政府文化局
　　　　2015年11月

賴瓊琦　《設計的色彩心理：色彩的意象與色彩文化》　臺北縣　視
　　　傳文化　1997年

三　期刊論文

丁威仁　〈初論岩上詩裡「燃燒」類意象傳達的生命思維──以「太
　　　陽」與「火」為例〉　《臺灣詩學季刊》　第38期　2002年
　　　3月　頁145-160
林淇瀁　〈不離人生，不離人間：冷凝沉鬱論岩上詩作風格〉　《當
　　　代詩學》　第3期　2007年12月　頁135-153

四　學位論文

嚴敏菁　《岩上及其作品主題之研究》　嘉義縣　南華大學文學所碩
　　　士論文　2008年

五　網路

教育部重編國語辭典修訂本　網址 http://dict.revised.moe.edu.tw/cgi-bin/
　　　cbdic/gsweb.cgi?ccd=KtA.LI&o=e0&sec=sec1&index=1

附錄

附表一　岩上詩作中運用「黑」之詩例

序號	詩名	詩句	詩集頁數
1	〈黃昏〉	黑貓的瞳孔斜視火雞的展威	《激流》頁10
2	〈儘管〉	山巒沉沒了　大地潮黑了	《激流》頁17
3	〈髮〉	亮晶而雲捲的黑，我的神	《激流》頁22
4	〈憶〉	一種擺脫，無法冲破兩岸的烏水之逆流	《激流》頁23
			《岩上詩選》頁18
5	〈蔓草〉	黑狼嗅過夜夜冰涼的脊柱	《激流》頁27
6	〈三月〉	水之臉，迎向的是山後不散的烏雲	《激流》頁32
7	〈埋葬〉	在黑且冷的夜裏	《激流》頁45
8	〈老鷹〉	今天早上雨停了，但是天邊仍然佈滿烏雲	《激流》頁70
			《岩上詩選》頁37
9	〈青蛙〉	映成在白灰牆壁上的黑影	《激流》頁74
10	〈無邊的曳程〉	深沉的黑夜	《激流》頁78、84
		無邊的黑夜	
11	〈水牛〉	水牛總是埋怨自己灰黑的顏色	《冬盡》頁24
			《岩上詩選》頁49
			《岩上集》頁15
12	〈陋屋〉	雨落在黑夜	《冬盡》頁51
			《岩上詩選》頁56
13	〈凌晨三時〉	黑潮的邊陲	《冬盡》頁64
14	〈伐木〉	黑夜捲蓆的時刻	《冬盡》頁65
			《岩上詩選》頁57

序號	詩名	詩句	詩集頁數
15	〈那些手臂〉	從黑暗中伸出來	《冬盡》頁88
			《岩上詩選》頁67
			《岩上集》頁24
16	〈蟋蟀〉	有人叫我小黑龍	《冬盡》頁134
17	〈鼎〉	我的大頭在烏煙瘴氣之中被薰得沒頭沒腦	《冬盡》頁178
18	〈木屐〉	那烏鴉總是預告不吉利	《冬盡》頁184、185
		夜黑	《岩上集》頁27、28
19	〈燈〉	燈，把午夜披散的黑髮	《臺灣瓦》頁2
20	〈奔跑的雨〉	才認清雨是在黑夜裏奔跑的	《臺灣瓦》頁20
21	〈夜乘貨車〉	像黑夜一樣無情地拋下	《臺灣瓦》頁51
22	〈破窯〉	黑墨的表情	《臺灣瓦》頁52
		如烏賊逃竄時宣洩的內臟	《岩上詩選》頁108
23	〈貓聲〉	一隻黑貓突然撞進臥房	《臺灣瓦》頁82、83
		她看到那隻黑貓在她的身邊	
24	〈任性的春天〉	就是黑夜	《愛染篇》頁15
25	〈夜宴翡翠灣〉	黑黑裏	《愛染篇》頁32
26	〈海誓〉	撞擊著劫數的黑岩	《愛染篇》頁97
			《岩上詩選》頁146
27	〈燈〉	黑影也隨即伺候於旁	《岩上八行詩》頁26
28	〈夜〉	用黑色來包裝萬物	《岩上八行詩》頁42
		人類以同樣黑的面目尋找出路	
29	〈髮〉	每束烏黑亮麗的髮	《岩上八行詩》頁52
30	〈疤〉	黑板上，清晰地劃下休止符	《岩上八行詩》頁72
		偏偏疤痕由紅變黑	
31	〈燭〉	刺破黑夜，有了洞孔	《岩上八行詩》頁88

序號	詩名	詩句	詩集頁數
32	〈影之二〉	如果我的人生走入黑暗裏	《岩上八行詩》頁96
33	〈眼〉	燦爛的世界和黑沉的心海一樣模糊	《岩上八行詩》頁102
34	〈黑白〉	黑白分明的年代	《更換的年代》頁1
		人們懷念黑白的	
35	〈鷺鷥的飛行〉	當面對黑夜的來臨	《更換的年代》頁3
36	〈放煙火〉	天空的黑洞	《更換的年代》頁10
37	〈城市影子〉	以黑色的陰部策略	《更換的年代》頁20
38	〈黃昏麥當勞〉	邁進白天與黑夜交接不明的	《更換的年代》頁25
			《岩上詩集》頁25
39	〈世紀末流星雨〉	在黑暗的夜空	《更換的年代》頁34
40	〈兩極半世紀〉	藝人胸坦豐乳揭露黑色叢林地	《更換的年代》頁36
41	〈說與不說〉	像一群無人理會的烏鴉	《更換的年代》頁40
42	〈齒輪〉	重覆成為黑油	《更換的年代》頁53
43	〈模糊一片〉	透過黑板	《更換的年代》頁58
44	〈白色的噩夢〉	躲過漫長黑夜的噩夢	《更換的年代》頁67
45	〈那是一口白煙〉	死亡跌落於無邊的深淵化為黑濁	《更換的年代》頁71
		夜以一紙黑色的追捕令	
46	〈黑夜裡一朵曇花濺血〉	黑夜	《更換的年代》頁72、74
		擱置在黑夜的一端	
		把黑夜的另一端	
		衝向更黑暗的另一端	
47	〈九頭公案〉	被利慾燻黑	《更換的年代》頁82
48	〈玩命終結者〉	玩到天黑了，警政署長還蒙著眼睛	《更換的年代》頁84
49	〈十七歲悲恨的死〉	一切均在黑暗裡沉淪	《更換的年代》頁89

序號	詩名	詩句	詩集頁數
50	〈飛碟升天〉	終將毀滅　化為烏有之前	《更換的年代》頁93
51	〈大地震，世紀末生死悲情〉	黑著，酣沉中的睡夢	《更換的年代》頁99
			《岩上詩集》頁34
52	〈垃圾的目屎〉	一幢幢烏影的大樓	《更換的年代》頁122、123
		汽車的烏煙　一直噴	
		機車的烏煙　一直霧	
53	〈鷺鷥〉	黑中的一點	《更換的年代》頁139
54	〈貓〉	黑道或白道	《更換的年代》頁147
55	〈孤煙火葬場〉	幡旗總是白底黑字地翻飛	《更換的年代》頁166、167
		末站乃無底的黑	
56	〈隔海的信箋〉	中國人民郵政的郵票不再被塗黑	《更換的年代》頁224
57	〈詩寫趙天儀〉	曾經烏雲	《更換的年代》頁235
		曾經臺北很烏龍臺大很頭大	
58	〈西北雨〉	有時隨著烏雲來	《更換的年代》頁241
		機車排出的黑煙	
59	〈碧山岩遠眺〉	黑白不分，尚且	《更換的年代》頁262
60	〈天空的眼〉	分辨黑與白的光影	《更換的年代》頁267
61	〈大地的臉〉	卻將慾望鑽入黑色的體內	《更換的年代》頁270
62	〈黃昏之惑〉	黑夜何其深長	《針孔世界》頁27
			《岩上集》頁31
63	〈遠眺九九峰〉	烏溪流連在山腳下	《針孔世界》頁67
64	〈流失的村落〉	沒有天窗只有烏雲	《針孔世界》頁112
			《岩上詩集》頁40
65	〈東京都涉谷驛前〉	黑妞　獨撐著一把黑傘	《針孔世界》頁145
		成為太陽熱度對焦的黑點	《岩上詩集》頁43
		只是那麼黑的皮膚	

序號	詩名	詩句	詩集頁數
66	〈深沉的聲音〉	夜的烏油	《針孔世界》頁158
		像黑騎士的鐵蹄塵捲了戰亂	
67	〈抗議的抗議〉	無法辨認黑白	《針孔世界》頁172
			《岩上集》頁96
68	〈冷氣機流出虛汗〉	愈高則曬得愈黑	《針孔世界》頁176
		黑得成為太陽中的盲點	
69	〈天空的心〉	被烏雲擋住	《針孔世界》頁195
			《岩上集》頁102
70	〈黑白數位交點〉	白　　看黑	《針孔世界》頁200-212
		黑黑黑黑黑黑黑	
		仍然黑	
		黑裡透白	
		黑黑黑黑黑黑黑	
		黑成　　蒼白	
		黑得　　　發亮	
		黑黑黑　要更黑	
		不能沾一點黑	
		黑了一生	
		黑成英雄膜拜	
		黑裏能藏財富	
		黑　黑得肉林酒池	
		黑黑黑	
		黑成啤酒肚	
		黑　黑手過招各憑本事	
		黑　既沾手可得	

序號	詩名	詩句	詩集頁數
		黑　你不黑　白不黑	
		黑來黑去還是黑	
		不黑成白	
		黑　黑得好混	
		不要認為黑才難挨	
		黑得輕鬆	
		黑金閃閃	
		來去都是黑　那是高手	
		黑來黑去	
		你不黑	《岩上詩集》頁49-55
		我來黑	
		好好　黑黑黑	
		黑啦	
		黑　就黑到底	
		黑黑到底黑黑黑	
		不能白不能黑	
		能白又能黑	
		黑不黑	
		白不能白　用黑的	
		黑不能黑　假借白的	
		黑白不分的時代已形成	
		黑白不辨的面孔一具一具浮塑	《岩上集》頁106-115
		黑白模糊的世界	
		眼睛是兩粒混球，無黑白的心	
		黑與白一體二極的一元	

序號	詩名	詩句	詩集頁數
		盪裂為黑白二元	
		黑漸走漸黑	
		黑有多層的黑	
		黑與白之間層出歧異	
		黑白了紛擾的多元	
		黑　黑得不見黑	
		不見黑　仍黑	
		黑必有同伙	
		黑裡黑外無限深遠	
71	〈黑白〉	黑白分明的年代	《岩上詩集》頁21
		人們懷念黑白的	《岩上集》頁56
72	〈混濁〉	黑白　對立	《岩上詩集》頁59
		黑白　分明	
		當黑走向白	
		當白走向黑	《漂流木》頁48、49
		黑已不成黑	
		比行走在黑夜	
73	〈鋼管女郎的夜色〉	周遭的黑暗	《岩上詩集》頁72
			《漂流木》頁65
74	〈政治遊戲〉	一國一黨，黑白分明	《岩上詩集》頁83
75	〈從割裂中再生〉	震斷的烏溪橋又傾聽溪水吟唱了	《岩上詩集》頁92
			《漂流木》頁88
76	〈九九峰靜觀〉	任由烏溪水長聒噪奔流	《漂流木》頁141、142
		檳榔樹的採擷和黑牙的咀嚼	
77	〈柯郭別墅〉	臨靠烏溪畔的	《漂流木》頁147

序號	詩名	詩句	詩集頁數
78	〈夜遊白帝城〉	黑夜，差一點	《漂流木》頁176
79	〈乞者的陰影〉	跟著不放的黑瘦而斜長的陰影	《漂流木》頁183
80	〈苦熬的民屋〉	皮膚黝黑的住民	《漂流木》頁186
81	〈印度之光〉	活潑地在他們黝黑的皮膚上	《漂流木》頁188
		未來黑色的金礦	
82	〈阿姆斯特丹紅燈區〉	白黃黑各種膚色的胴體	《漂流木》頁210
83	〈草原上的羊群〉	抓著，白的黑的雜色的	《漂流木》頁226
84	〈井中的青蛙〉	黑夜裡，在睡夢中	《另一面詩集》頁23
85	〈夜，為你合好花〉	當黑夜來臨	《另一面詩集》頁51
86	〈母親有病〉	看未清複雜世情的黑白	《另一面詩集》頁101
87	〈眼睛與地球的凝視〉	光，一半墜入黑海	《另一面詩集》頁109、110、116-118、122
		一半墜入黑暗中	
		黑白兩面的球體	
		黑靈太虛，刺穿	
		地球一半白一半黑	
		一半白一半黑的地球	
88	〈鐵窗歲月〉	黑夜深沉的嘆息	《另一面詩集》頁127、131、133、144、145
		唯一的　黑	
		很多的眼睛在黑夜裡逃亡	
		黑夜裡	
		──墜入黑暗的深淵	
89	〈越南新娘〉	熱帶黑灰無妝飾的瞳體	《另一面詩集》頁172
90	〈古芝地道〉	從黑暗的坑洞裡求光明	《另一面詩集》頁178

序號	詩名	詩句	詩集頁數
91	〈西貢河畔遊輪餐廳〉	已堆滿烏油與垃圾	《另一面詩集》頁183
92	〈蒙馬特山丘上的藝術村〉	筆觸的黑白與彩麗交錯的世界	《另一面詩集》頁189
93	〈巴黎黑人小販〉	手持劣質小鐵塔模型販賣的黑人 比鐵塔的陰影還黝黑 現實生活的黑點像黑螞蟻	《另一面詩集》頁190、191
94	〈變體螢火蟲〉	空間的黑暗	《變體螢火蟲》頁32
95	〈慾望的煙囪〉	帶著口沫的白和灰燼的黑	《變體螢火蟲》頁34
96	〈月亮的臉〉	在黑夜裡才顯現 走出黑雲幕	《變體螢火蟲》頁36
97	〈螢火蟲〉	流竄了黑夜的	《變體螢火蟲》頁45
98	〈阿里山日出〉	黑暗不明乾坤的虛實 歷史的黑黯的森林	《變體螢火蟲》頁58、59
99	〈阿里山雲海〉	山越縮小越黛黑	《變體螢火蟲》頁84
100	〈貓的眼睛〉	早已趁黑黯的行徑	《變體螢火蟲》頁124
101	〈支點，在北風之下〉	邁向遙遠的黑夜裡	《變體螢火蟲》頁145
102	〈監視器幽靈〉	二十四小時繃緊的視覺神經，姿態陰黑	《變體螢火蟲》頁177
103	〈平林荔枝園〉	烏溪水流低吟的環繞	《變體螢火蟲》頁190
104	〈火炎山依然面對〉	烏溪橋每回大水不是斷腿就是截腰	《變體螢火蟲》頁194
105	〈我並沒有和草屯做生死之約〉	是烏溪潺潺的流水和搖曳蘆葦的對話 多的時後我面對著學生面對著黑板 秋天像中年後的肚皮，傾聽烏溪的流水聲 汽機車的烏煙	《變體螢火蟲》頁197、198

序號	詩名	詩句	詩集頁數
106	〈烏溪菅芒花〉	黑 烏溪切割了時空的斷層 烏溪牽掛著相思的 烏溪	《變體螢火蟲》頁204、205
107	〈雙冬吊橋記懷〉	跨越悠悠的烏溪流水 烏名的溪水潺潺 吊橋，已隨烏溪流水和滾動不定的	《變體螢火蟲》頁211-213
108	〈大峽谷素描〉	枯樹上烏鴉棲息聒叫 一個渺小的黑煙	《變體螢火蟲》頁233
109	〈越戰陣亡官兵紀念碑〉	硬質的大理石黝黑一塊併接一塊 黑與紅	《變體螢火蟲》頁237、238
110	〈路橋上的乞丐〉	蹲下來撐起襤褸的黑大衣	《變體螢火蟲》頁243

附表二　岩上詩作中運用「白」之詩例

序號	詩名	詩句	詩集頁數
1	〈荷花〉	雖然畫板依舊空白	《激流》頁25
			《岩上詩選》頁19
2	〈七月之舌〉	而後是白頭鳥的驚鳴	《激流》頁30
3	〈激流〉	初貞的潔白	《激流》頁53
			《岩上詩選》頁34
			《岩上集》頁14
4	〈林中之樹〉	白骨崢嶸　冬	《激流》頁59
5	〈窗外〉	一片白雲	《激流》頁65
6	〈青蛙〉	映成在白灰牆壁上的黑影	《激流》頁74
7	〈教室的斷想〉	所有空白的面孔遽然蛻變碧綠	《激流》頁76、77
		化成一隻悠然的白鶴消失在空茫的蒼穹	《岩上詩選》頁40、41
8	〈無邊的曳程〉	一口一口的白煙是鎮痛的紗布嗎	《激流》頁78、81、84
		翻白的肢體	
		將因一顆頭顱的固執而變白	
9	〈愛〉	滴在我白色的襯衫上	《冬盡》頁36
			《愛染篇》頁58
10	〈昨夜〉	死去了的蒼白	《冬盡》頁47
			《愛染篇》頁57
11	〈冬盡〉	凍結灰白的蔓延	《冬盡》頁100、103
		隨著寒流從井口煙白地冉冉上昇	《岩上詩選》頁70、73
12	〈髮白〉	而使我瓣瓣髮白的	《冬盡》頁124、125
		源自生命告白的乳汁	《愛染篇》頁48、49
		白花	《岩上詩選》頁83

序號	詩名	詩句	詩集頁數
13	〈山頂上的木屋〉	漆白 白了四壁木質的橫紋 白天一隻眼睛藍一隻眼睛綠	《冬盡》頁163
14	〈歌〉	驚見自己的影子爬行在灰白的牆壁上	《冬盡》頁187
15	〈靜夜〉	是我白日煩瑣的事物	《臺灣瓦》頁4
16	〈瓦浪上一朵小花〉	白了一陣	《臺灣瓦》頁16 《岩上詩選》頁95
17	〈午時海洋〉	一匹匹白色的抹布 疲睏如一群白羊	《臺灣瓦》頁22 《岩上詩選》頁97
18	〈觀畫〉	冷冷的床單乃灰白的牆壁 突然翻白的髮鬢	《臺灣瓦》頁28、29
19	〈路沖〉	牛肉攤豎白旗	《臺灣瓦》頁72
20	〈思婦〉	這是夢裏一位白髮的神仙說的	《臺灣瓦》頁78
21	〈思鄉病〉	又是東方已發白	《臺灣瓦》頁88
22	〈蹉跎〉	長而灰白的鬍鬚	《臺灣瓦》頁92 《岩上詩選》頁120
23	〈油漆工人〉	其實我常陷入一間間蒼白的海底洞	《臺灣瓦》頁97 《岩上詩選》頁123
24	〈嘔吐〉	白白的 白白的	《臺灣瓦》頁118
25	〈孔子氣死〉	白眼	《臺灣瓦》頁121
26	〈夢境〉	你白色的帽子飛起	《愛染篇》頁18
27	〈鷺鷥夕色〉	一群白樺樺的鷺鷥 逐漸蒼茫了的白	《愛染篇》頁21
28	〈往事〉	白	《愛染篇》頁37

序號	詩名	詩句	詩集頁數
29	〈煙雨〉	在鑲白的碑石上	《愛染篇》頁74
30	〈吊橋〉	俯地是千仞的澗水翻白洶湧	《愛染篇》頁79
31	〈手絹〉	原是潔白的一方手絹	《愛染篇》頁88
32	〈樹〉	秋冬的枯白	《岩上八行詩》頁2
33	〈酒〉	屬於獨白，意不在酒	《岩上八行詩》頁46
34	〈髮〉	夢醒髮幡白	《岩上八行詩》頁52
35	〈霧〉	像灑上白胡椒須要忍住一時的莽撞	《岩上八行詩》頁68
36	〈疤〉	曾被白色的紗布包紮過的	《岩上八行詩》頁72
37	〈燭〉	我在這裏，握一撮清白	《岩上八行詩》頁88
38	〈雪〉	冷冷的咬著牙，蒼白的	《岩上八行詩》頁120
39	〈黑白〉	黑白分明的年代	《更換的年代》頁1
		人們懷念黑白的	《岩上詩集》頁21
			《岩上集》頁56
40	〈冬天的面譜〉	冬天的面譜　漆白的	《更換的年代》頁4、頁5
		冬天的面譜　漆白的	
		冬天的面譜　漆白的	
		冬天的面譜　漆白的	
		漆白的面譜	
41	〈黃昏麥當勞〉	邁進白天與黑夜交接不明的	《更換的年代》頁25
			《岩上詩集》頁25
42	〈說與不說〉	舉著白旗搖晃	《更換的年代》頁40
43	〈齒輪〉	春綠秋白的生機	《更換的年代》頁53
44	〈窗口〉	擊碎了一季白色的雪崩	《更換的年代》頁54
			《岩上詩集》頁29
45	〈午時槍聲〉	太陽由蒼白再轉為灰暗	《更換的年代》頁63

序號	詩名	詩句	詩集頁數
46	〈白色的噩夢〉	接著躺出白液	《更換的年代》頁65、67
		用顫抖的白旗	
47	〈那是一口白煙〉	白米飯	《更換的年代》頁70、71
		白煙	
48	〈黑夜裡一朵曇花濺血〉	眼睛白直	《更換的年代》頁73
		白白的	
49	〈飛彈試射〉	以翻白的魚肚皮表示抗議	《更換的年代》頁76
50	〈九頭公案〉	只能以紗布的白旗顫動著失語症的手勢	《更換的年代》頁81
51	〈玩命終結者〉	白白豬肥了檢舉報報警的傢伙	《更換的年代》頁85、87、88
		白皙的皮膚	
		白曉燕的影子已相當模糊	
52	〈十七歲悲恨的死〉	爆冰碎裂，十七歲的細白肌膚	《更換的年代》頁89、91
		赤裸裸的我，十七歲潔白的身體	
53	〈飛碟升天〉	早已白髮蒼蒼　那有什麼關係	《更換的年代》頁93
54	〈災變〉	至於被丟雞蛋和舉白布條抗議	《更換的年代》頁116
55	〈失去海岸的島嶼〉	白雲	《更換的年代》頁125
56	〈鷺鷥〉	獨白	《更換的年代》頁139
57	〈貓〉	他們會利用白天的光明	《更換的年代》頁147
		黑道或白道	
58	〈孤煙火葬場〉	一堆白骨由燙至冷	《更換的年代》頁165、166
		幡旗總是白底黑字地翻飛	
59	〈大雅路〉	那條晰白如笑筒的	《更換的年代》頁171
60	〈墓園隨想〉	右白虎	《更換的年代》頁187
61	〈花東海岸〉	白天，看她的顏面	《更換的年代》頁190

序號	詩名	詩句	詩集頁數
62	〈日本松島灣的海鷗〉	白色波浪與水珠	《更換的年代》頁192
63	〈茶道〉	蒼白，不再綠也不再紅	《更換的年代》頁198
64	〈被遺忘的傘〉	沒有存在的空白	《更換的年代》頁202
65	〈一列小火車〉	蒼白，向遠離的小火車	《更換的年代》頁204
66	〈春訊〉	偶爾有白雲飄過	《更換的年代》頁205
67	〈石像記〉	有白色臉部的恐怖	《更換的年代》頁207
68	〈意象畫〉	變調曲乃心敘的告白，用眼神	《更換的年代》頁211
69	〈芒草〉	銀白雪亮的花浪 髮漸漸白了	《更換的年代》頁237
70	〈碧山岩遠眺〉	白日光環下 黑白不分，尚且	《更換的年代》頁262
71	〈天空的眼〉	分辨黑與白的光影	《更換的年代》頁267
72	〈蘆葦〉	翻白，我們 是生命脈注的告白	《針孔世界》頁21、22
73	〈被遺忘的角落〉	歲月乃最忠實的告白	《針孔世界》頁35 《岩上集》頁71
74	〈農村曲〉	白牆紅瓦的厝宅	《針孔世界》頁44
75	〈磚仔窯〉	從此開始，窯洞裡白熱的煎熬	《針孔世界》頁57
76	〈鯉魚潭〉	或一群白鵝	《針孔世界》頁66
77	〈鶴岡八幡宮的祝福〉	只是她頭上披著的白色幡帽	《針孔世界》頁141
78	〈抗議的抗議〉	無法辨認黑白	《針孔世界》頁172 《岩上集》頁96
79	〈冷氣機流出虛汗〉	潤白的皮膚們	《針孔世界》頁174

序號	詩名	詩句	詩集頁數
80	〈黑白數位交點〉	白白白白白白	《針孔世界》頁200-212
		白　看黑	
		黑裡透白	
		黑成　蒼白	
		空白了一輩子	
		可白成　善人	
		白成白癡	
		白誰敢	
		白露錢財	
		白白	
		白成白骨	
		白白白	
		白得流口水	
		白　白空手	
		白　白費心機	
		黑　你不黑　白不黑	
		白　你去白	
		白來白去不成白	
		不白不能白	《岩上詩集》頁49-55
		不黑成白	
		嘆氣的白	
		白　白白過日	
		不要認為白得無事	
		白才累死	
		哈　白幹	

序號	詩名	詩句	詩集頁數
		來去都是白　白走一趟	
		白來白去	
		我不白	
		誰來白	
		不好不好　白白白	
		白了少年頭　空悲切	
		白　能到底？	
		白白到底白白白	
		不能白不能黑	
		能白又能黑	
		白不白	
		白不能白　用黑的	
		黑不能黑　假借白白的	
		黑白不分的時代已形成	
		黑白不辨的面孔一具一具浮塑	
		黑白模糊的世界	
		眼睛是兩粒混球，無黑白的心	
		黑與白一體二極的一元	《岩上集》頁106-115
		盪裂為黑白二元	
		白漸走漸白	
		白有多層的白	
		黑與白之間層出歧異	
		黑白了紛擾的多元	
		白　白得不見白	
		不見白　白得可憐	

序號	詩名	詩句	詩集頁數
		白 只見孤獨	
		獨來獨往一場空白	
81	〈混濁〉	黑白 對立	《岩上詩集》頁59
		黑白 分明	
		當黑走向白	
		當白走向黑	《漂流木》頁48
		白已不成白	
82	〈傷口流液〉	同樣曝露著蒼白的軀體	《岩上詩集》頁65、66
		皙白	《漂流木》頁55、56
83	〈檳榔西施的對味〉	剖開是潤白的乳房	《岩上詩集》頁74
			《漂流木》頁68
84	〈政治遊戲〉	一國一黨，黑白分明	《岩上詩集》頁83
85	〈從割裂中再生〉	斷手斷腳的已接肢行動 白幡的幽魂已超度	《岩上詩集》頁91
			《漂流木》頁86
86	〈鬆〉	從攬雀尾拍起白鶴亮翅飛落	《漂流木》頁97
87	〈濁水溪傳奇〉	劃過不明不白的更替	《漂流木》頁153
88	〈黃鶴樓〉	循著李白的詩句而來	《漂流木》頁169
89	〈巴哈夷教蓮花寺〉	教義了如蓮花瓣瓣的純白	《漂流木》頁194
90	〈泰姬瑪哈陵〉	潔白可呈露愛情的純一	《漂流木》頁197
91	〈阿姆斯特丹紅燈區〉	白黃黑各種膚色的胴體	《漂流木》頁210
92	〈七月來蒙古〉	蒼鷹俯視大地盤旋藍天白雲	《漂流木》頁216
93	〈草原上的羊群〉	抓著，白的黑的雜色的	《漂流木》頁226
94	〈額爾德召寺的梵唱〉	一百零八座小白塔構成的	《漂流木》頁232
		一道白色石牆，圍繞寺廟	

序號	詩名	詩句	詩集頁數
95	〈飲蒙古馬奶〉	高濃度奶汁純乳白色的	《漂流木》頁236
96	〈無肉生活〉	一碗白飯一人吃 一碗白飯一人吃	《另一面詩集》頁19
97	〈井中的青蛙〉	白天有很多不知名的鳥類飛過 大多是麻雀和白頭翁	《另一面詩集》頁22
98	〈夜，為你合好花〉	一身潔白的	《另一面詩集》頁51
99	〈四季八行〉	雪降白色 無人在白色裡	《另一面詩集》頁63
100	〈王功漁港看海〉	白鷺振翼回巢	《另一面詩集》頁78
101	〈四物湯〉	大地臉色蒼白 白芍　　補血　　苦酸微寒	《另一面詩集》頁92
102	〈母親有病〉	看未清複雜世情的黑白	《另一面詩集》頁101
103	〈菅芒花望著〉	雪白飄逸的	《另一面詩集》頁102
104	〈眼睛與地球的凝視〉	黑白兩面的球體 地球一半白一半黑 一半白一半黑的地球	《另一面詩集》頁116、118、122
105	〈鐵窗歲月〉	冷白的牆壁面	《另一面詩集》頁131
106	〈樹的生死學〉	紅面鴨鴛鴦白鵝應聲和涼涼	《另一面詩集》頁158
107	〈天鵝湖遨遊〉	藍天白雲倒影湖中享受	《另一面詩集》頁167
108	〈巴黎凱旋門〉	歷史的篩撿與漂白	《另一面詩集》頁186
109	〈蒙馬特山丘上的藝術村〉	筆觸的黑白與彩麗交錯的世界	《另一面詩集》頁189
110	〈巴黎黑人小販〉	流竄在白色磁盤上	《另一面詩集》頁191
111	〈洛克岬〉	濺起白沫	《另一面詩集》頁193

序號	詩名	詩句	詩集頁數
112	〈仙達皇宮〉	吞吐著清氣與藍天白雲共道	《另一面詩集》頁195
113	〈街頭上的老人與狗〉	白髮老人倚靠道旁長椅逗弄著小狗	《另一面詩集》頁204
114	〈唐吉訶德小酒館〉	白色屋外牆壁	《另一面詩集》頁206
115	〈慾望的煙囪〉	帶著口沫的白和灰燼的黑	《變體螢火蟲》頁34
116	〈月亮的臉〉	反映出白天裡所隱藏的	《變體螢火蟲》頁36
117	〈冬樹〉	一切淨白	《變體螢火蟲》頁60、61
		雪白中的一滴血	
118	〈合歡山雲海〉	純白的棉絮	205
119	〈阿里山雲海〉	雲越湧越淒白	《變體螢火蟲》頁84
120	〈紅綠與白色的水舞〉	火車站前的槍擊，一片白熱	《變體螢火蟲》頁156
121	〈憂國錯亂〉	全部凍僵，包圍的鐵絲網淌出喪膽的白色恐怖的流液	《變體螢火蟲》頁160、162、163
		使一堆已白骨的老母爬起來相認	
		從太陽旗的陰影移到青天白日的飄揚	
122	〈平林荔枝園〉	軟體的白玉，如貴妃肌膚的誘惑	《變體螢火蟲》頁191
123	〈火炎山依然面對〉	一夜頭顱突白	《變體螢火蟲》頁195
124	〈烏溪菅芒花〉	白	《變體螢火蟲》頁204、205
		思念成白芒芒的	
		搖不走等待的白髮	
125	〈草屯菸樓〉	黃如脫落壁灰的一撮蒼白的記憶	《變體螢火蟲》頁206
126	〈參觀史丹巴克文學館〉	五十年後，竟然以白髮	《變體螢火蟲》頁235

序號	詩名	詩句	詩集頁數
127	〈絕美金門大橋〉	白浪依然滾動，而白髮在冷風中幡飛	《變體螢火蟲》頁256
128	〈海崖沙灘掇拾〉	浪花濺開白白朵朵	《變體螢火蟲》頁264、265
		白色帆船遠遠駛來	

附表三　岩上詩作中運用「紅」之詩例

序號	詩名	詩句	詩集頁數
1	〈荷花〉	竟然也以鮮紅的笑靨	《激流》頁24
			《岩上詩選》頁19
2	〈七月之舌〉	滾燙的紅球	《激流》頁30
3	〈埋葬〉	當紅色的棺木	《激流》頁44
4	〈紫藤〉	開滿了串串紫紅的花朵	《激流》頁49
			《岩上詩選》頁29
5	〈教室的斷想〉	瞬間蔚成滿山的花紅	《激流》頁76
			《岩上詩選》頁40
6	〈無邊的曳程〉	如一塊燒紅的石頭	《激流》頁78
7	〈我的朋友〉	染紅了你的臉頰	《激流》頁87
8	〈切肉〉	且染紅了眼前的世界	《冬盡》頁21
			《岩上詩選》頁48
9	〈水牛〉	原來我體內也有這樣鮮紅的血	《冬盡》頁25
			《岩上詩選》頁50
			《岩上集》頁16
10	〈戀情〉	那是流血一般鮮紅的純潔	《冬盡》頁27
11	〈伐木〉	吞吐著乾紅的火舌	《冬盡》頁66
			《岩上詩選》頁58
12	〈我是我在〉	在你紅透了的	《冬盡》頁68
13	〈松鼠與風鼓〉	開了一點兒春的紅暈	《冬盡》頁81
			《岩上詩選》頁60
14	〈暮色的平原〉	轉換著紅的黃的紫的灰的……布幕	《冬盡》頁92、94
		把那紅柿的夕陽切了一片一半而後	

序號	詩名	詩句	詩集頁數
15	〈冬盡〉	一縷青煙乘隙紅透了冷冽的眼眸	《冬盡》頁105
			《岩上詩選》頁74
16	〈斷掌〉	花　紅遍	《冬盡》頁121
			《愛染篇》頁51
17	〈法雲寺〉	一山道的豔紅	《冬盡》頁159
18	〈山頂上的木屋〉	染紅的 紅了八方的遙曠的視野	《冬盡》頁163
19	〈鼎〉	我超渡你們走過紅塵 以你擦紅的十指	《冬盡》頁178
20	〈紅豆〉	曾撿拾滿袋的紅豆 一顆顆的紅豆 讓紅豆的晶瑩在掌中閃爍	《冬盡》頁180
21	〈廬山採藥記〉	朱唇開著唇形朱色的花　漂亮	《臺灣瓦》頁46
22	〈重登碧山寺〉	青燈不青而玻璃電燈紅燭依然	《臺灣瓦》頁55
			《岩上詩選》頁111
23	〈油漆工人〉	紅的藍的綠的牆壁	《臺灣瓦》頁96
			《岩上詩選》頁123
24	〈股票市場〉	紅色藍色委託書齊飛	《臺灣瓦》
25	〈蝴蝶蘭〉	我不欣賞燦爛花紅的眩虛	《愛染篇》頁9
26	〈往日的戀情〉	妳問我紅頰的幾何	《愛染篇》頁12
27	〈夢境〉	紅透了山巒	《愛染篇》頁18
28	〈戀情〉	那是流血一般鮮紅的純潔	《愛染篇》頁60
29	〈手印〉	且染紅了滴滴的脈血 如紅葉紛紛零落	《愛染篇》頁85、86

序號	詩名	詩句	詩集頁數
30	〈漂鳥〉	一滴紅血	《愛染篇》頁105、106
		就僅剩那麼一簇殷紅竟然煞死不了一山的	《岩上詩選》頁154、頁155
31	〈夕暮之海〉	鮮紅而渾圓	《愛染篇》頁107
			《岩上詩選》頁156
32	〈楓〉	才現出本色，嫣紅的笑靨	《岩上八行詩》頁64
		葉脈如掌紋絲絲的紅	《岩上詩集》頁12
33	〈疤〉	偏偏疤痕由紅變黑	《岩上八行詩》頁72
34	〈暮〉	回顧滾滾蒼茫的紅塵	《岩上八行詩》頁116
35	〈冬天的面譜〉	紅的鮮血	《更換的年代》頁5
36	〈黃昏麥當勞〉	麥當勞 M 紅色的字號	《更換的年代》頁25
37	〈過年〉	收到幾塊錢紅包壓歲	《更換的年代》頁38
		貼著鮮紅的春聯	
38	〈那是一口白煙〉	擴音器交感紅色閃燈交感	《更換的年代》頁71
39	〈剃度之後〉	至於回頭是萬丈紅塵	《更換的年代》頁78
40	〈畫眉鳥〉	才能分紅	《更換的年代》頁146
41	〈我和鴿子的飛行〉	揮灑的旗幟，赤紅	《更換的年代》頁157
42	〈孔廟裡的供桌〉	特別用紅筆勾烙加圈	《更換的年代》頁179
43	〈古早厝巡禮〉	吹襲斑駁的紅磚牆	《更換的年代》頁184
44	〈臺北的節奏〉	紅綠燈閃爍迅速的旗語	《更換的年代》頁188
45	〈茶道〉	蒼白，不再綠也不再紅	《更換的年代》頁198
46	〈意象畫〉	骨骼架構著赭色的枝幹	《更換的年代》頁211
47	〈隔海的信箋〉	透過紅十字會	《更換的年代》頁224
48	〈祝福的小紅花〉	像墳頭上開著的紅色小花	《更換的年代》頁227

序號	詩名	詩句	詩集頁數
49	〈賣麻糬的阿伯〉	紅豆餡的甜膩	《更換的年代》頁230
50	〈秋意〉	卻面紅耳赤	《針孔世界》頁19
51	〈鐵骨冰心〉	只隸屬紅塵人間	《針孔世界》頁34
52	〈土角厝〉	從來沒有光亮和燦紅	《針孔世界》頁41
53	〈農村曲〉	白牆紅瓦的厝宅	《針孔世界》頁44
54	〈秋風〉	胭脂紅了	《針孔世界》頁88
55	〈木棉花的慾望〉	亮著豔紅的熱力	《針孔世界》頁98
56	〈木棉花開〉	以紅色和橙色的笑靨交替	《針孔世界》頁101
57	〈天空有一個海洋〉	吐出紅黃靛紫藍綠的彩霞	《針孔世界》頁129
			《岩上詩集》頁47
58	〈傷口流液〉	殘紅	《岩上詩集》頁65
			《漂流木》頁56
59	〈花艷鳳凰木〉	點胭脂搽紅粉迎接	《岩上詩集》頁79、80
		艷紅燦	
		一陣火紅一陣歡騰	《漂流木》頁74、75
		熱情的紅色浪濤由南而北	
60	〈阿富汗少女〉	綠光眼瞳和燒紅的	《岩上詩集》頁88
			《漂流木》頁83
61	〈松鼠與風鼓〉	開了一點兒春的紅暈	《岩上集》頁18
62	〈愛河〉	他曾經臉紅	《漂流木》頁109
63	〈鐵道列車〉	鐵道指示訊號有時紅有時綠	《漂流木》頁126
64	〈火炎山容顏〉	日日燒紅的	《漂流木》頁157
65	〈風櫃斗賞梅〉	胭脂紅	《漂流木》頁162
66	〈苦熬的民屋〉	四方形紅磚堆砌起來的	《漂流木》頁185
		骨架接榫的血紅	

序號	詩名	詩句	詩集頁數
67	〈泰姬瑪哈陵〉	阿格拉紅砂城堡的禁臠	《漂流木》頁198
68	〈阿姆斯特丹紅燈區〉	入夜紅燈亮起	《漂流木》頁210
69	〈楓仔葉飄落〉	因為紅透	《另一面詩集》頁32
70	〈望聞問切〉	望你　消失了紅塵	《另一面詩集》頁44
71	〈夜，為你合好花〉	萬紫千紅裡	《另一面詩集》頁50
72	〈四季八行〉	熱湯裡跳出了太陽的紅點	《另一面詩集》頁61
73	〈北回歸線〉	不要觸摸，那一條紅線 熱情燃燒鳳凰花的紅艷	《另一面詩集》頁70
74	〈地平線〉	滾滾紅塵	《另一面詩集》頁74
75	〈四物湯〉	紅光照亮大地	《另一面詩集》頁93
76	〈樹的生死學〉	紅面鴨鴛鴦白鵝應聲和淙淙	《另一面詩集》頁158
77	〈西貢河畔遊輪餐廳〉	紅橙藍綠絢爛色光	《另一面詩集》頁182
78	〈唐吉訶德小酒館〉	夏日午時西班牙中部拉曼都紅褐色的大地 紅色波浪屋瓦	《另一面詩集》頁206
79	〈品茶〉	茶紅	《變體螢火蟲》頁55
80	〈阿里山日出〉	拋擲紅球，多少期待	《變體螢火蟲》頁58
81	〈西子灣望海〉	紅柿子的蒼茫	《變體螢火蟲》頁72
82	〈霧裡賞櫻〉	胭紅的春意	《變體螢火蟲》頁75
83	〈鋸樹〉	染紅了雪地	《變體螢火蟲》頁77
84	〈紅豆愛染〉	串聯晶瑩紅豔的	《變體螢火蟲》頁119、120
		啊　殷紅的愛染歲月	《變體螢火蟲》

序號	詩名	詩句	詩集頁數
85	〈縱火者〉	煙與火交戰青赤的熱度	《變體螢火蟲》頁139
		紅遍半天	
86	〈紅綠與白色的水舞〉	一九四七年，紅綠火焰	《變體螢火蟲》頁156
87	〈另一顆子彈〉	一票一票都是紅色的戳印	《變體螢火蟲》頁172
88	〈監視器幽靈〉	開車，不要闖紅燈？	《變體螢火蟲》頁176
89	〈平林荔枝園〉	粒粒串聯，紅深暗赤	《變體螢火蟲》頁191
90	〈草屯菸樓〉	青燄赤赤的	《變體螢火蟲》頁207
91	〈詩人的足跡〉	紅豆的詩眼	《變體螢火蟲》頁217-219
		為欣喜詩人的賞玩而燦紅	
		紅的更紅，睜亮眼睛	
92	〈詩人的鈕扣〉	盛開紅透	《變體螢火蟲》頁220
93	〈櫻桃紅唇〉	亮麗淡紅透汁的	《變體螢火蟲》頁224
94	〈驚見蜂鳥〉	只取一點紅	《變體螢火蟲》頁230
95	〈越戰陣亡官兵紀念碑〉	黑與紅	《變體螢火蟲》頁238
96	〈紫色藍莓〉	昨天紅紫／已熟識	《變體螢火蟲》頁239
97	〈優勝美地瀑布〉	從紅衫原始林走出	《變體螢火蟲》頁246

填補人生的裂縫

——取岩上的五首詩為例

莫　渝

詩人

摘要

　　二○○二年，距一九五七年發表第一首詩四十五年後，成名的詩人岩上接受筆談訪問。他說：「基本上，我認為人生如果美滿，詩可以不寫。詩的創作從填補人生的裂縫開始。」另一方面，他從已經寫了約六百首詩中開列了代表作五首：〈星的位置〉、〈松鼠與風鼓〉、〈臺灣瓦〉、〈舞〉、〈更換的年代〉。

　　本文擬依這兩組岩上自己的話語，探究這五首詩的殊相與共軸，何謂裂縫？詩人岩上的人生有哪些裂縫？這五首詩各填補了他的人生哪些裂縫？詩的書寫與裂縫的關連？也想討論詩的療癒狀況。

關鍵詞：美滿、裂縫、殊相、共軸

一　前言

　　新世紀初始二〇〇二年，岩上獲得財團法人榮後文化基金會第十一屆「榮後臺灣詩人獎」。身為評審委員之一莫渝負責撰寫評文及訪問稿各乙篇。訪問稿採筆談方式，莫渝擬定十個小題，由得獎主岩上回覆。在這篇筆談〈十問岩上〉[1]，莫渝提問支持長期寫作的原動力，岩上回答：「基本上，我認為人生如果美滿，詩可以不寫。詩的創作從填補人生的裂縫開始」。另一問題，請岩上開列代表詩作五首。岩上從已出版的前五部詩集，依序挑選六首：詩集《激流》：〈激流〉、〈星的位置〉，詩集《冬盡》：〈松鼠與風鼓〉，詩集《臺灣瓦》：〈臺灣瓦〉，詩集《岩上八行詩》：〈舞〉，詩集《更換的年代》：〈更換的年代〉。六首詩扣除第一首〈激流〉，五部詩集五首詩（附件一）。

　　本文延續這項莫渝擬題筆談作業之後，想探究這五首詩的殊相與共軸，何謂裂縫？詩人岩上的人生有哪些裂縫，這五首詩各填補了他的人生哪些裂縫？詩的書寫與裂縫的關連？也想討論詩的療癒狀況。

二　五首詩的殊相

　　先談「殊相」之義，維基百科解釋：「在形而上學中，殊相（英語：Particular），又譯具相、自相、具體，指各別存在的實體或個體。」[2]取用此詞，擬指：單一首詩表達的內涵、方式、目的，或者說，解讀單一詩篇，不與另四篇牽連。

　　底下，進行這五首詩的解讀及其分別在岩上寫作歷程中的位置。

1　莫渝：〈十問岩上──專訪岩上〉，《岩上的文學旅途》（臺北市：財團法人榮後文化基金會，2002年），頁18-30。

2　維基百科https://zh.wikipedia.org/wiki/%E6%AE%8A%E7%9B%B8

（一）〈星的位置〉

在這首詩，詩人想尋找自己的位置與亮度：「我總想知道／自己的宿命星在甚麼位置／有否閃爍燦然的光輝」；最後在古井水底發現「一顆孤獨的明星」呼喚他的名字。呼喚？這顆孤獨的明星算不算自己的星宿？詩內並無明確答案。

星座、星宿，宿命的星。俗諺「天上一顆星，地面一個人。」人星對應，人星互映；星亮命旺；星微命短。所以有諸葛孔明（西元181-234年）的「五丈原祭壇」禳星延壽施法的演義故事。順此，日本詩人土井晚翠（1871-1952）有〈星落秋風五丈原〉乙詩感歎之。詩人岩上一路尋詩演進的過程，也如同美國小說家霍桑（Nathaniel Hawthorne, 1804-1864）的〈人面石〉故事，想找心目中的偶像。山上人面石的貌樣是敘述者自從小的偶像，歷經人事多次更迭變遷與期待落空，最後回映自身。法國哲學家作家伏爾泰（Voltaire, 1694-1778）說：「宿命牽引著我們，尋我們開心。」[3]哲學教授散文家阿蘭（Alain, 1868-1951）進而演繹說：「本性堅強的人會因為鍥而不捨的意志，最終從種種變數裡尋獲自己要前往的道路。強者所到之處必會留下痕跡，不過凡人皆能如此。」[4]凡人也能留下痕跡。在這首詩〈星的位置〉，詩人為什麼沒有在浩瀚夜空覓得？古井水底，代表詩人移除了「人星輝映」的傳說，有著冷靜下的醒悟，那顆「孤獨的明星」原本就是自己的投射：孤獨卻可以明亮閃爍。這種自我追尋也是存在哲學的本質課題：個體存在的思考、我的位置、我是誰？我在哪？

這歷程也是詩人岩上的詩歷程：從自我懷疑、求索到自我肯定的歷程。

3　阿蘭著，潘怡帆譯：《論幸福》（臺北市：麥田出版社，2016年8月），頁103。

4　同註3

　　這首詩是岩上初期的代表作，先後選進日譯版《華麗島詩集》（陳千武主導，東京若樹書房，1971年9月）和《臺灣現代詩集》（北原政吉編，熊本市もぐら書房，1979年2月），也由作者提供自選手跡本《中華民國新詩學會會員詩選》（何錡章主編，臺北廣東出版社，1981年12月）。

（二）〈松鼠與風鼓〉

　　敘談七個事件，每個事件均由單行單節「誰也管不了誰」收尾。事件一、松鼠咬梨子逃走，捕鼠器在風雨中搖幌；事件二、村子裡的狗見到陌生人狂吠，見到主人搖尾乞食；事件三、籬下玫瑰營養不良，我則貧血，無施捨能力；事件四、離家出走的阿花，沒有回來，沒人在意拐騙的小伙子是誰？事件五、曬穀場的風鼓很忙，卻比不得四輪仔（轎車或計程車）。事件六、秋雨滴落村莊，滴落菸葉，分不清人。事件七、榕樹下駝背老人長長哀歎（「把嘆息打成一支扁擔」）無聊地畫圈又打叉。

　　七個事件或者敘述不夠明確，意猶未盡，看似不相關。仔細推敲，卻一個扣環一個。依序小談：農村糧食短少，松鼠破壞果實，捕鼠器沒有收穫（連鼠都閃躲他處）。家狗需搖尾乞討，才可能有骨頭啃。花卉和人都缺營養。村裡少女失蹤，無人關心。風鼓有運轉，比不上四輪仔的收入。秋雨落在菸農村莊，分不清勞動的女性。樹下老人不是開心聊天，而是一味地嘆氣。總之，這是一九七〇年代中期臺灣邁入工業化（當時有口號：現代化就是工業化），農村呈現衰敗人口外移城市，農村人力老化的現象。

　　岩上自言：「七〇年代臺灣工商經濟已開始起飛，舊農村的生活遭到嚴重的衝擊。〈松鼠與風鼓〉就是寫農村遭破壞轉型的作品。」[5]

5　《岩上的文學旅途》，頁27。

如同小說家宋澤萊的敘述：「一九七五年，……回到了故里，重又居住在老家，覺得父母親是真的年老了，而農鄉是如此美麗與窮敗」。[6]

七個事件，取松鼠和風鼓為代表。此詩獲得一九七三年第一屆吳濁流文學獎新詩獎。

（三）〈臺灣瓦〉

作為為屋頂覆蓋物，屋瓦的實際效用很明確，純為遮陽擋雨，因為暴露在外、斜上。磚與瓦似而不同，實際上，瓦比磚的樣式美觀。在建築學上，砌磚可以單獨成立，也可以再包覆水泥。瓦，無需第二度作業，僅要求輕薄。

屋頂覆蓋物的「瓦」，遠隔，即可見。藉由屋瓦的構造，連結臺灣史，講述臺灣歷史的命運，瓦，有著非常濃厚的象徵意味。詩裡還出現：雨，瓦和雨都是很好的象徵物，近乎對立。臺灣瓦當然暗喻臺灣；雨，外在環境，外來的統治者。瓦，如何承受雨的侵襲。瓦，具備擋雨，擋雨的耐力耐度，就涉及瓦的硬度了。

「由於臺灣較多來自泉州、漳州的移民，受到移民因素的影響，臺灣的磚瓦以紅色為主調。早在清朝乾隆初期，臺灣的磚瓦的赤紅便常被來自大陸的文人所歌詠。一直到日據時代，日本人同樣感到驚訝，臺灣到處都是紅磚赤瓦，與中國所見的屋瓦真是大大不同。……臺灣移民的原鄉，有紅磚赤瓦的傳統，也有烏磚黑瓦的習俗，而臺灣選擇紅色為主色，以活發、煥發、進取的紅光赤色，來表現臺灣人文之特色。」[7]

本詩，前三節，概略點談三時期不同統治者君臨臺灣的相同現

---

6 宋澤萊：《打牛湳村系列》（臺北市：前衛出版社，1988年5月），頁5。

7 臺灣瓦業的發展http://120.116.20.9/native-language/lj_black-couty/%E7%A3%9A%E7%93%A6%E4%B9%8B%E6%88%80/1-1.htm

象，登陸臺灣，即統治臺灣。登陸時的兩相：淒厲，也是統治時的境況。淒厲，淒清而猛烈，極度強烈的冷落淒苦。不同時代不同統治者，臺灣（臺灣人）都是承受相同的命運：淒厲。三組統治者高壓迫害臺灣（臺灣人），如同強風暴雨的侵襲。

　　瓦「是泥土做的／吸水虛胖／踩踏易碎」。把「瓦」換成「臺灣」，一樣可通。泥土做的臺灣瓦：吸水虛胖、踩踏易碎。臺灣人一樣虛胖易碎。詩中，臺灣瓦是象徵物，也是實體物。作為實體，它是瓦片，易脆輕薄；作為象徵物，象徵臺灣史上掌權者的不斷更替，臺灣人民（居民）的性格一直脆弱。詩的意旨明確。這首〈臺灣瓦〉詩寫於一九九二年，臺灣已解除戒嚴。

　　岩上自剖：「〈臺灣瓦〉一詩以象徵的手法，表現臺灣民族性格的脆弱與淺薄，是一種自覺性的反思。」[8]這句話的兩個含意，作者有自覺，繼而反思臺灣民族性：脆弱與淺薄。一九九八年岩上的〈國旗〉一詩，[9]對國家的描述更露骨：「我們高掛的國旗／只是一條／意象模糊的／布匹」。二〇一二年的〈島嶼，一粒砂〉[10]也是延續之作。

（四）〈舞〉

　　舞蹈是肢體變化的高度藝術。岩上八行詩作是由中國《易經》推衍的一部形式均等且單字標題的詩集。易，即簡單、簡易，另一解是變易、變化，所謂「易」容術，變妝之意。變，可以緩變、漸變、突變、巨變、劇變……。

　　這首〈舞〉，指舞蹈，越柔軟的肢體越能展演最可觀的肢體意象。岩上試著將身體快速變化：由肢體──→軟繩──→長蛇──→柔水

8　《岩上的文學旅途》，頁28。

9　《岩上的文學旅途》，頁58。

10　岩上：〈島嶼，一粒砂〉，《文學臺灣》，第84期（2012年10月）。

──→游魚──→飛鷹──→飄雲──→雨──→蓮花──→海濤。藉舞蹈的動作，講「變」。通常我們說魔術，一定是「變魔術」：甲變乙，高明的魔術，達到藝術的境界。舞蹈是身體動作（肢體動作）的藝術，換另句話，肢體語言轉成詩的意象語言。一連串的快節奏變化，自然是詩的語言藝術。

〈舞〉詩表面頌揚舞蹈藝術的柔與變，因為變，漸變或巨變，也是人生的變化，一切無常。岩上自言：「九○年代開始，因為我受易學與老莊哲學的影響，尤其易理的陰陽虛實變易美學，融入我的思想，因此以太極生陰陽，陰陽生四象，四象生八卦契合我的八行詩的結構，以單一字的事物參悟人生的哲思，而有了《岩上八行詩》的詩集。」[11]《岩上八行詩》計六十四首，首首佳作，哲思深遠。前輩詩人林亨泰獨鍾〈舞〉詩，用日文撰述，或許這首詩特別表現出變易美學的特質和人生多變幻的真諦吧！」進一步指出這首詩是：驅動想像力的「很好的例子」[12]是否因此，岩上才選此詩為代表作？

（五）〈更換的年代〉

一九九○年代，岩上同時寫作《岩上八行詩》和《更換的年代》兩部詩集。八行詩集，是哲理思維的文學外顯；更換的年代，為現實社會消費現象的病理舖排。

農業社會的儉約節省珍惜，進入工業社會，轉為量產消費浪擲，早期東西耐用，需要修理、維護，此刻變得很不一樣。物品用壞，不再送修，不易找得修護人員。「更換」是最簡潔的方式；更換，有主動的要求，有被動的需求。不論大更換或小更易，都是新消費的方式，浮動年代的必然現象。

11　《岩上的文學旅途》，頁28。
12　林亨泰：〈岩上的〈舞〉〉，《笠》詩刊，第220期（2000年12月），頁81-83。

　　做為詩集的主題詩〈更換的年代〉乙作，有概括的重要意義。全詩分三部分，先是身外的日常物品被更換：水龍頭、電燈、電視機、衣服、汽車、房子等壞了舊了，自然要換新。接著，身體內部的器官：肝臟、腎臟、心臟也因為疾病與壞損需要更換。第三部分涉及親人血緣者，連親密的夫妻都出現替換，不論有形的離婚再嫁娶，或隱形的外遇。詩人最後保留不能更換是「孩子」。帶著血緣的親情，孩子不便交換，卻任其使壞，隱隱進一步指責家庭變動後家庭教育的落空。

　　時代一直轉動與變動，連政權都可以更換，這年代還有什麼不能更換的呢？

三　五首詩的共軸

　　在筆談訪問，岩上回顧「我已逾四十年的寫詩經驗，開始我的詩從自我意識出發，之後漸漸走出自我；然後自我和現實的觀照與關懷並轡而行後，而後又回到自我，當回到自我，已非原先之我，這是人生歷煉的成熟，大體上我的詩呈現了這樣的軌跡。」[13]岩上在此表露了三階段三層次的詩路軌跡。先是「自我意識」的萌動，接著走出自我，與「群」的融容，隨後「回到自我」。第一階段的「自我」，是個體單一的自我。第三階段的「自我」，是群體環抱後的「自我」，是重建的自我，新生的我，是生命裡增添了群意識的新生有機體。

　　這三階段三層次的詩路軌跡，可以對應古中國禪學的經典例子，「青原惟信禪師曾對門人說：『老僧三十年前未參禪時，見山是山，見水是水。及至後來，親見知識，有個入處，見山不是山，見水不是水。而今得個休歇處，依前見山只是山，見水只是水。』語出《指月

---

13 《岩上的文學旅途》，頁22-23。

錄》卷二十八。」[14]先是「見山是山，見水是水。」接著，「見山不是山，見水不是水。」最後，「見山只是山，見水只是水。」這是修禪悟道三境地。

　　岩上也有領悟類似三境地的詩歷程：

　　　　自我（初我）──→ 群我）──→ 自我（新我）

　　回看這五首詩，〈星的位置〉為第一階段第一層次的作品，自我存疑，求索自我何在。〈松鼠與風鼓〉和〈臺灣瓦〉二詩為第二層次的作品，由自我走進社會讓國族包裹自我，將獨融入群。〈舞〉和〈更換的年代〉二詩則屬第三層次的作品，自我跳脫群，傲立「群」上，且環視之。殊相是個別的表達，共軸是整體的表現，具有串連的中心思維，型塑自身俱足的完整表現。這五首詩既有殊相也有共軸。共軸是這五首詩的一個同心軸，共同支撐或梭穿岩上的詩。從另一角度，共軸是求其一致、統一，搭架成一座七寶樓臺。

　　這五首詩看起來好似岩上詩風景，也似他的人生浮世繪的縮影。

四　如何美滿？為何裂縫？

　　美國詩人羅伯特・布萊（Robert Bly, 1926-）在〈關於陰影的三種觀點〉說：「所有的文學，不論是原始人或現代人所作的，都可以當做是『黑暗面』所創作，陰影藉此能從大地崛起，再度與自覺的光

---

14 大道普傳：http://www.jackwts.tw/13/13-27nn.htm

明會合。」[15]「揭露人性的黑暗面，一直是藝術和文學最主要的目的之一。」[16]

岩上的話語：「基本上，我認為人生如果美滿，詩可以不寫。詩的創作從填補人生的裂縫開始」。「人生的裂縫」是否等於「人性的黑暗面」？生活裡有「裂縫」是否潛藏著「黑暗面」？何謂裂縫？跟「裂縫」相關的語詞，有：縫隙、缺憾、煩惱、愁，不夠完美而令人感到遺憾的地方。不夠完美、美滿的界限又是如何？

填補或封閉裂縫，或任由裂縫存在、繼續擴散，會不會如江自得的詩（癬），所呈現的後果現象：

> 終於，有一天
> 你驚覺
> 我已蔓延成一個
> 你無以掩飾的
> 巨大的
> 羞恥　　　（附件二）

臺灣新詩史，張我軍的詩歷是很特殊的個例。他為了寄託感情求索情戀的安頓，寫第一首白話詩〈沉寂〉（1924年3月25日）給女同學，進而發展情愛，一年半後，與女友結婚（1925年9月），稍晚集印詩集《亂都之戀》（1925年12月28日）。「詩集的出版，既是兩人相思、相戀的見證，也是圓滿婚姻的福證。……此後，詩人封住詩

---

15 Mark Rober Waldman編，楊麗貞譯：《陰影——探索黑暗的自我》（臺北市：地球書房，2004年），頁14。

16 同上，頁17。

筆。」[17]對張我軍言，因為有著感情的「裂縫」，以「詩」填補，終至圓滿順利之後，不需再藉詩抒懷了。

　　一位詩人作家既是現實人也是審美人[18]身為審美人，他是創作者，詩文學的書寫者；身為現實人，他扮演多重角色：人夫（人妻）、人父（人母）、社會工作謀生者、教師（學生）……等。現實人自然有需求。心理學家馬斯洛（Abraham Maslow, 1908-1970）將人類的需要分為五種：生存需要、安全需要、歸屬需要、尊重需要、自我實現需要。[19]美國心理學家亨利‧墨瑞（Henry Alexander Murray, 1893-1988）說人類有二十種需要：貶抑需要、成就需要、交往需要、攻擊需要、自主需要、對抗需要、表現需要……等需要，[20]算不算等同裂縫？

　　回到岩上，他的生活有哪些不如意？有哪些裂縫？似乎沒有明確告知。他說：「具體地說：老莊水柔的精神、易理變動的美學、佛的靜思、西洋哲學的知性思考和二十多年清晨風雨無阻的演練太極拳，透過沉靜的思維與身體力行，影響了我中年之後的詩學認知。諸多生活的困境和文學創作的瓶頸，都從中得到了解脫。」[21]一句「諸多生活的困境和文學創作的瓶頸，都從中得到了解脫。」諸多生活的困境、文學創作的瓶頸，顯得很曖昧，模模糊糊。倒是「得到了解脫」，解脫，表示困境消除與瓶頸突破，應該宣示美滿、圓滿。裂縫，填補了。像張我軍同樣揮別詩筆。事實不然，岩上仍繼續寫詩。

---

17 莫渝：〈張我軍的詩與愛〉，收進莫渝：《臺灣新詩筆記》（臺北市：桂冠圖書股份有限公司，2000年11月），頁139。

18 黃書泉：《現實的人與審美的人》（合肥市：安徽文藝出版社，1994年），頁127。

19 同上，頁128。

20 同上，頁158。

21 《岩上的文學旅途》，頁23。

五　結語

在訪談中，岩上說：「我還是比較喜歡自己孤單的形影，『我量我自己的尺寸，製作自己適身的衣裳，且舞我自己的姿勢』；我讀別人的作品，但並沒有別人的影子，從開始寫詩就如此。」[22]岩上這席話，有三個意義：一、有個人獨立意識，自戀自己的影子；二、寫自己的詩；三、讀別人的作品，卻不受影響，保有自己的身段。第二層意義，可以呼應著阿根廷詩人波赫士（Jorge Luis Borges）的意見。波赫士說「你要栽種自己的花園，妝飾自己的靈魂，而不是等別人給你花朵。」[23]

討論的這五首詩，雖然是岩上自選的代表作，或許不盡然代表岩上全部詩作的縮影。倘若換另一個時空，或別人代選，也許會挑選別的作品。

回到岩上這段話：「基本上，我認為人生如果美滿，詩可以不寫。詩的創作從填補人生的裂縫開始」，裂縫填補之後，續有新的裂縫。人生的裂縫一直存在著，岩上就一直寫詩。他的裂縫，不止存在的困惑，也延伸擴大為社會國家的批判。

日本動畫師動畫導演漫畫家宮崎駿（1941-）對「裂縫」看似相當贊許，他說「走到最後，終會發現人生要有裂縫，陽光才有機會照耀進來。」[24]

看來，裂縫、縫隙、缺憾、煩惱等並非負面語詞。君不見走在路上，水泥牆縫、地板隙縫、石縫，都有植物冒芽，茁長，壯大，

---

22 《岩上的文學旅途》，頁21。

23 《蘋果日報‧2版‧蘋果每日1句》2018年4月27日附加英文：Plant your garden and decorate your own soul,instead of waiting for someone to bring you flowers

24 冒牌生：寫作‧旅行‧生活：http://inmywordz.com/archives/6782

甚至要撕裂拘限。

　　二○○二年岩上六十四歲，很穩重踏實地提出詩學認知。隔十六年八十歲，藉助詩的書寫，岩上持續填補生命中生活裡看不見的裂縫，拼貼及彩繪他的完整人生。

（2018年7月25日）

引用及參考書目

一　專書

《岩上的文學旅途》　臺北市　財團法人榮後文化基金會　2002年

宋澤萊　《打牛湳村系列》　臺北市　前衛出版社　1988年

莫　渝　《臺灣新詩筆記》　臺北市　桂冠圖書股份有限公司　2000
　　　　年11月

黃書泉　《現實的人與審美的人》　合肥市　安徽文藝出版社　1994年

Mark Rober Waldman 編，楊麗貞譯　《陰影──探索黑暗的自我》
　　　　臺北市　地球書房　2004年

阿蘭著，潘怡帆譯　《論幸福》　臺北市　麥田出版社　2016年8月

二　期刊論文

林亨泰　〈岩上的〈舞〉〉　《笠》詩刊　第220期　2000年12月　頁
　　　　81-83

三　報紙文章

〈蘋果每日1句〉　《蘋果日報》　2版　2018年4月27日

四　網路

維基百科　https://zh.wikipedia.org/wiki/%E6%AE%8A%E7%9B%B8

瓦業的發展　http://120.116.20.9/native-language/lj_black-couty/%E7%
　　　　A3%9A%E7%93%A6%E4%B9%8B%E6%88%80/1-1.htm

大道普傳　http://www.jackwts.tw/13/13-27nn.htm

冒牌生：寫作‧旅行‧生活　http://inmywordz.com/archives/6782

附件一　五首詩的文本

星的位置　　岩　上

我總想知道
自己的宿命星在甚麼位置
有否閃爍燦然的光輝

因此每晚仰望天空
希冀找尋熟悉的臉龐
但是回答我的
都是陌生的眼光

直到有一天
我從流浪的路途回來
把一切的願望都丟棄
只剩一顆乾癟的頭顱
沒入深邃的古井
突然發現在那靜謐且清冷的水底
一顆孤獨的明星
輕輕地呼喚我的名字

松鼠與風鼓　　岩　上

松鼠把梨子咬了一個窟窿又一個窟窿
然後逃之夭夭
然後懸吊一個捕鼠器

任風吹雨打
搖呀搖的

誰也管不了誰

狗看到末陌生人進村子就吠，汪汪的
看到主人就糾纏著，猛搖尾巴
想要搖出一根骨頭

誰也管不了誰

東籬下那枝營養不良的玫瑰
開了一點兒春的紅暈
莫非想勾引什麼的
裂著牙刺
我是貧血得的傢伙
沒有半點施捨

誰也管不了誰

村子裡的阿花從去年年底離家出走
就沒有回來
跑了就算了，就像拉了一窩屎
管他是阿貓阿狗，那個穿花格子的小子是什麼郎？

誰也管不了誰

曬穀場的風鼓

從早轉到晚，從夜間轉到天亮

拼命地轉，轉呀轉的，也轉不過阿三的話四輪仔那麼快

六塊、八塊敗半、十一塊⋯⋯

誰也管不了誰

夏天過了秋天來

雨越過了這個村莊，越過那個村莊

打在大大的菸葉上，劈劈拍拍

裹在包頭巾裡的十八歲

那個是阿菊，那個是阿嬌，怎麼認得出來

誰也管不了誰

榕樹蔭下

那個駝背的老頭兒

把嘆息打成一支扁擔

在地面上畫這個圓圈，畫那個圓圈

然後

全部打叉

誰也管不了誰

　　　　　──一九七二年

臺灣瓦　　岩　上

荷蘭人
登陸時
下的雨
是淒厲的

日本人
登陸時
下的雨
也是淒厲的

所謂祖國
唐山過臺灣
下的雨
仍然是淒厲的

雨是臺灣海島
三百多年流淌不完的哭聲
我們在雨中
靠片薄薄的屋瓦
擋住風雨
臺灣是泥土做的
吸水虛胖
踩踏易碎

　　　　　　——一九九二年二月

舞　　岩　上

一節一節把自己的筋骨拆散
重新綰結編練成為一條繩

摔出繩變成蛇，而柔成水
水中的魚，躍出為鷹

飛翔盤旋，旋出飄忽的雲
嘩啦如雨，下凡又蓮花化身回歸成洶濤

舞就變，變肢體成意象語言
舞出自己，變易幻滅
　　　　　　——一九九三年六月七日

更換的年代　　岩　上

水龍頭壞了　換一個
電燈壞了　換一個
電視機壞了　換一個

衣服舊了　換
汽車舊了　換
房子舊了　換

肝臟壞了　換一個

腎臟壞了　換一個
心臟壞了　換一個

妻子舊了　換
丈夫舊了　換
孩子壞了
不能更換
任
　其
　　作
　　　惡
　　　　——一九九五年八月

附件二

癬　　江自得

起初，我長在污垢層疊的地方
你不曾懷疑我強烈的企圖心
不甚起眼的我總是默默承受
你遠遠拋過來的輕蔑的眼光

我喜愛陰暗潮濕的地方
亢奮的汗腺助我竊奪你的資源
以一種盲目的革命激情

我喜愛陽光照耀不到地方
可從容上下其手擴展我的版圖
在那裡，我悄悄背叛你的顏色

終於，有一天
你驚覺
我已蔓延成一個
你無以掩飾的
巨大的
羞恥

　　　　——一九九四年作品，選自詩集《從聽診器的那端》（1996）。

岩上生態詩綜觀

謝三進

臺灣師範大學臺文學系碩士

摘要

　　隨著一九七○、八○年代臺灣環境保護意識崛起，詩人們將生態議題、觀念入詩漸成規模，促成了生態詩的成型。興自環保意識的臺灣生態，詩側重社會現實的本質自然與詩寫本土、關懷現實的笠詩社密不可分。探究笠詩社在臺灣生態詩發展歷程中所扮演的角色，李魁賢、莫渝、曾貴海等人都有重大貢獻。

　　曾於一九九○年代擔任《笠詩社》主編的岩上，自然也在臺灣生態詩發展過程中，擔任了極重要的推手。本文將從岩上生態詩的創作階段、意旨主題，兩方面展開探討，剖析岩上所創作生態詩的深度與廣度，以及這些詩作與臺灣環境保護意識發展歷程的密切呼應。

關鍵詞：岩上、生態詩、笠詩社、一九九○

一　前言

　　臺灣生態詩萌芽於一九七〇年代，核心發展時代為一九八〇年代，正逢解嚴前後，整體國家社會轉向內省、多元批判的轉捩點。然而此時，也正是臺灣中小企業經濟起飛時期，然而經濟快速發展、都市化發展的背後，自然環境與動物生態也面臨巨大的威脅與改變。生態詩雖早有零星之作，然而至一九八〇年代才正式開始進入大量創作、多位詩人參與的時期。

　　細數令臺灣生態詩茁壯的多方來源，有深入耕耘生態詩者，如：劉克襄、李昌憲；有推動報刊生態詩特輯的者，如：李魁賢、向陽；也有為生態詩論述定調者，如：莫渝、曾貴海。蒐羅臺灣生態詩發展的痕跡，笠詩人們的身影漸漸浮現，而在臺灣生態詩崛起後，承接此微弱野火的空間，也是《笠詩刊》。

　　說到一九九〇年代以降《笠詩刊》對臺灣生態詩的包容與挹注，與岩上於一九九四年接任主編息息相關。直到二〇〇一年此間八年任期，編輯風格關注臺灣時事、關懷社會弱勢，為生態詩的發展開闢了持續茁壯的舞臺。而岩上本人也於這段期間內積極發表生態批判詩作，以作品呼應理念。岩上無論就《笠詩刊》主編的身分、抑或就詩人的身分，都對臺灣生態詩有著不可或缺的貢獻。

二　臺灣生態詩發展與笠詩社

　　臺灣「經濟奇蹟」始於政府一九六〇年代開始的獎勵投資、設立加工出口區，將臺灣的主要產業由農業，正式轉換為輕工業出口。其後隨之而來的，是一九七四開始展開奠定基礎工程的「十大建設」，讓臺灣邁開重工業的步伐。

　　產業轉型成功的結果，也造成了農村田園生態的改變、山林資源的濫伐、都市污染的爆發，以及動物生態居地的破壞，令整體社會開始邁入省思階段。此時期的詩人們也透過創作來表達憤怒與思索，於是促成一九七〇年代之後，開始出現明確具有生態關懷意識的詩作。

　　生態詩起初大多為詩人們各自獨立的創作，而後隨著生態關懷的共識增強，報刊也開始出現生態詩相關專輯。另一方面，也出現評論者，對於已成規模的生態詩進行論述。爬梳這些作品發表、專輯策畫以及論述的脈絡，大多與笠詩社成員相關，而身為笠詩社要員的岩上，也在隨著詩社的腳步，介入並促成了生態詩的茁壯。接下來，將先約略梳理臺灣生態詩發展歷程，並從中發現笠詩社在此發展過程中，佔據了怎樣的位置。

（一）臺灣生態詩發展概述

　　臺灣生態詩的現身歷程，首先出現的是詩人個人的詩作，緊接著詩社的響應，漸成規模之後便是報刊專輯的刊載，最後就是論述的定調。

　　從作品而言，現存最早被討論的生態詩，應為鹽分地帶詩人吳新榮，於一九三五年寫下的〈煙囪〉：「一幢白色壯觀的屋宇／浮現於遙遠的彼方／黑高的煙囪聳立／直接碧空……」[1]雖然這首詩作中的煙囪來自於糖廠，吳新榮以之作為日治時期資本家對農民壓榨的象徵，但同時也記錄了彼時臺灣在現代化腳步中，最初的工業汙染。莫渝、林燿德與中國大陸學者古遠清皆提及此詩。

　　一九六〇年代依然有零星的生態詩出現，然而直到進入一九七〇年代，生態詩才真正開始蓬勃發展。然而這種「蓬勃」，卻也是來自於國家社會轉型過程中，所付出的慘痛代價。

1　吳新榮：《吳新榮全集　卷一：亡妻記》（臺北縣：遠景出版社，1981年10月初版年），頁27-28。

　　隨著環保議題變成整體社會的共識，此時期的詩社，也積極表達認同與呼應。一九七○年代成立的青年詩社，皆顯露出對現實的關懷與思索。一九七一年創社的龍族詩社，《龍族詩刊》第一期即發表林煥彰〈一九七○年的冬天〉、喬林〈都市生活〉等兩首批評汙染的詩作；一九七二年創刊的《大地》詩刊，也刊登了林鋒雄的〈生態詩六首〉，直接使用了生態之名；一九七三年《後浪詩刊》第三期，也收錄了莫渝〈沒有魚的河流〉、〈沒有鳥的天空〉與〈沒有草的操場〉等三首生態詩作。

　　臺灣生態詩由「單兵作戰」邁向「集體創作」的轉折點，是握有影響力的報刊投入。一九八一年，蕭蕭獲《臺灣時報》副刊總編輯周浩正邀請[2]策畫「詩學月誌」時，邀請了笠詩人李魁賢參與規劃，於是八月三十一日詩學月誌第二期誕生了「生態‧自然的呼喚」專號，是最早以專題呈現生態議題的報刊專號。

　　繼臺時副刊詩學月誌之後，一九八四年六月至八月間，向陽主持《自立晚報》副刊時執行「生態詩‧攝影展」專欄，長達兩個月的專欄，邀得二十二位詩人發表二十四首詩作，比臺時副刊進行更大規模的生態詩詮釋。而岩上也於此專欄內，發表了〈破窯〉一詩，早早走入生態詩人之列。

　　臺灣生態詩、報刊專輯經過一九七○年代至一九八○年代前半的十年間逐步到位[3]，而評論者對於生態詩的論述也即將登場。最早有

2　白靈、蕭蕭、羅文玲：《臺灣生態詩》（臺北市：爾雅出版社，2012年12月），頁14。

3　此時生態詩的浪潮，也可以從一九八○年代前半葉的年度詩選看出端倪。由前衛出版社委託吳晟主持，李弦、李勤岸、苦苓、施繼善、張雪映與廖莫白等人共同編輯的《一九八三臺灣詩選》，選了洪素麗〈港都行──哀愛河〉與白樵〈白鷺鷥的抗議〉兩首反映生態環境惡化的作品；而由向明主編的《七十三年詩選》也選錄了五首與生態主題相關的作品，分別是夐虹〈護生詩〉、陳斐雯〈養鳥須知〉、劉克襄〈美麗小世界〉、渡也〈浩劫後〉與向陽〈向千仞揮手〉。

企圖對臺灣生態詩展開論述的評論者，皆為笠詩社的核心成員，而此部分，也將看出笠詩社在臺灣生態詩發展過程中，扮演著極為重要的角色。

（二）笠詩社與臺灣生態詩

除了上述發表、策畫專輯的詩人皆與笠詩社息息相關之外，作為笠詩社作品、理念發表的刊物《笠詩刊》，也在臺灣生態詩發展過程中，佔有不可或缺的地位。

1 笠詩社的臺灣生態詩論述

回顧《笠詩刊》所載生態議題相關討論，早在一九八六年出刊的一三四期「詩與政治專輯」中，刊出黃恒秋〈從詩的社會性到政治意義〉一文已點名趙天儀〈公害〉、黃騰輝〈公寓〉二詩，並引用李勤岸寫於《一九八三臺灣詩選》的導言，說明臺灣的生態危機乃是：「受制於資本主義國家的經濟型態仍問題重重，再加上由於管理不當所併發的工業病症（如空氣的汙染、生態的破壞……等等）」[4]雖尚未將生態詩獨立討論，視為與現實息息相關的政治詩的一環，不過已可見雛型。

而對於生態詩的正式討論，《笠詩刊》於一九九〇年，分別於一五八期、一五九期連載了曾貴海〈臺灣戰後的環境生態詩〉，為臺灣最早的生態詩綜論。曾貴海將一九六〇年代以降三十年來的生態詩，依主題分為：空氣汙染、水和海洋汙染、核電汙染與核安危機、生態保育、噪音公害、農藥濫用和毒物公害等六種，初步勾勒了臺灣生態詩的面貌。

4　吳晟編：《一九八三臺灣詩選》（臺北市：前衛出版社，1984年4月初版）。

　　與此同時，笠詩社也將生態詩列入專題討論主題，由莫渝、李魁賢、李敏勇、趙天儀……等十六名成員[5]，討論李敏勇〈噪音〉、江自得〈童年的碎片〉、李昌憲〈返臺觀感〉等三首詩。並於一五九期刊出專題討論的紀錄「被蹂汙的綠色臺灣」，展現笠詩社積極關注生態詩的理想與行動。白萩提到徵集主題詩作時，得到部分同仁的熱烈反應，也收到許多作品。趙天儀亦於討論中提出生態詩的表現法則應「不流於直接的吶喊」。

　　而往回溯，笠詩人莫渝早在一九八四年，便於《臺灣文藝》八十七期發表〈關愛我們的生活空間——十年來「環境汙染」的詩篇回顧〉一文，速寫臺灣生態詩最初十年的樣貌，為臺灣生態詩定調。之後，莫渝也將對生態詩的關注，轉移到《笠詩刊》。他在一四一期卷頭語〈溪流都成了死水〉反思當下文學不應歌詠虛假的田園，與應直視環境生態殘破的現況：

> 文學田園主義面臨現實的困境，應該展現出和環境保護運動宣揚的，拯救大自然，從參與環境重建的努力，把原來文學意義上母親而現況上卻是亟待救助孤兒的大自然，從被種種外在力量破壞的危機中解救出來，從而賦予文學田園主義的新意涵。[6]

莫渝將擁有漫長歷史、以抒情逸興為主的田園詩，拿來與環保議題對話、比較，既是重新反省了詩人的現實精神，所指「賦予文學田園主義的新意涵」，另一方面也呈現了生態詩與田園詩難以辨明、分割的

5　笠詩社「被蹂污的綠色臺灣」於1990年5月6日舉辦，出席者有巫永福、莫渝、莊柏林、劉國棟、李敏勇、杜文祥、張信吉、李魁賢、白萩、林國隆（雪眸）、黃恆秋、趙天儀、林亨泰、蕭翔文、李永吉、徐麗禛等16人。

6　莫渝：〈溪流都成了死水〉，《笠詩刊》，第141期（1987年）。

文學血緣。

2 生態詩在《笠詩刊》的延續

　　自莫渝至曾貴海，笠詩人們也從論述層面，讓臺灣生態詩的浮現進入詩史的視野，不再只是零散的隨筆。而岩上此階段雖未有生態詩方面的表現，然而一九九四年接任《笠詩刊》主編之時，已是《笠詩刊》生態詩論述、作品皆已見規模之際。岩上個人的此階段詩風也產生轉變，開始發表多首批評時事之作──生態詩作也在其中。每期刊末的「編輯手記」，也可見其強烈的現實關懷意識。

　　岩上在《笠詩刊》二一四期「九二一臺灣大地震特輯」前言提到：「詩不是記錄，但可報導；詩不是尺寸，但可批評；詩不是藥品，但可撫慰心靈。」雖說緬懷九二一大地震的詩作並不適合歸類為生態詩，然而岩上的闡述也足以展示其認可詩與天災、人禍之間的必要鏈結。一九六期的〈編輯手記〉也寫道：「詩是美的藝術，但詩人的良知不能漠視存在的現實，而一旦現實是如此的惡質，詩人將如何取之而有所表現呢？」雖以上言論並非針對生態環保議題而論，然而強烈的入世精神，明顯岩上認為詩人與詩作為當代的介入，是一種職責的必須。

　　多位生態詩的重要創作者，社內成員如：吳俊賢[7]、李昌憲[8]、林盛彬[9]⋯⋯等人；社外詩人如：白家華[10]、蔡秀菊[11]、⋯⋯等人，也於

7　吳俊賢於《笠詩刊》200期發表呼籲復育山林的長詩〈森林變奏曲〉。

8　李昌憲於《笠詩刊》196期發表〈賀伯颱風〉、〈下油雨那一天〉、〈被巨大的水泥高樓包圍〉、〈欣賞最後半畝的稻田〉等詩作。

9　林盛彬於《笠詩刊》188期發表〈唇鳥仔〉、〈溪頭紀事〉、〈將軍溪〉等詩作。

10　白家華於《笠詩刊》179期發表〈吊籃植物〉、〈塑膠袋〉等詩作。

11　蔡秀菊於《笠詩刊》185期發表〈南路鷹悲歌〉、〈我和友人在彰濱數鳥〉等生態詩代表作。

此時於《笠詩刊》陸續發表生態詩作。雖無法斷言是這段期間《笠詩刊》的生態詩首首都與岩上有必然的相關，但如今回顧起來，岩上主編期間的《笠詩刊》確實承接了莫渝、曾貴海等人開頭的生態詩關注與包容，讓《笠詩刊》成為臺灣生態詩持續茁壯的舞臺，成為培養、鼓勵許多生態詩作發表的搖籃，主編者的意識與理想或可窺見一斑。

三　岩上生態詩創作階段分期

剖析岩上的詩作，批判現實、時事之作頗多，有包含國族思索之作如：〈國旗〉、〈漂流木〉、〈母親的臉，懸掛著〉；文化批判之作如：〈更換的年代〉、〈鋼管女郎的夜色〉，當然，生態詩也包含在這些「時事」之中，是岩上現實關懷精神的一種展現。

第三本詩集才終於以情詩為主軸的岩上，與許多詩人的創作路徑略有不同，因其詩作大抵充滿面對生命的哲思，亦或對現實的人道關懷，反倒少見描述情愛之作。向陽於編輯臺灣詩人選集《岩上集》的解說中如此說道：

> 岩上詩作風格的另一個特質，表現在他對臺灣社會現實的關照和批判之上。這個部分尤其表現在八〇、九〇年代創作的詩作之中，詩集《冬盡》、《臺灣瓦》、《更換的年代》和《針孔世界》中所收錄多篇作品，都強烈地表現了岩上對臺灣社會現實的憂心和嘲諷。[12]

岩上也曾自述「八〇、九〇年代我的作品有三分之二是以鄉土、國族

---

12 向陽：〈解說〉，收於向陽編：《岩上集》（臺南市：臺灣文學館，2008年12月），頁128。

與臺灣現實社會題材入詩的」，可見其是有意識的針對所處環境，亦即南投所見田園、山林，而進行創作描述。而這樣視野也延續到了二十一世紀，二〇一五年出版的《變體螢火蟲》中，丁威仁也有相同的觀察：

> 在九十三首詩中，以臺灣這片母土直接作為書寫主體的詩作，卻是這本詩集的根本關懷，主要分為兩大部分：地誌詩以及社會政治詩……後者則以輯四與輯五為主，前者（輯四）屬社會反諷，後者（輯五）則關懷島嶼政治上錯亂的思維，在在可見岩上回溯自我根源的母土意識與價值。[13]

　　從兩位詩人學者的評論中，可見岩上對於現實的關懷從一而終，始終未減。岩上強烈的創作企圖與意識，從其詩集便可看出端倪，著有抒情之集合如《愛染篇》；專門琢磨詩藝之嘗試如：《岩上八行詩》；甚至創作了童詩《忙碌的布袋嘴》。然而綜觀撇除以上三本詩集，以及初試啼聲的《激流》，其餘每本詩集皆存在生態詩的蹤跡。

　　岩上已發表詩作大多已集結成冊，因此本次討論的作品，皆來自已付梓出版的詩集。以下依時間年代順序，分為「故園鄉愁」、「生態批判」與「旅情感懷」三時期逐一述之。

（一）故園鄉愁時期

　　臺灣生態詩作品雖然多，然而長期關注與經營的詩人卻極少，大多為呼應時事而發表。岩上為少數各階段皆有生態相關主題詩作發表的詩人，在一九九〇年代轉為批判風格之前，岩上早期的生態詩創

---

13 丁威仁：〈洗滌自我的生命行旅〉，收於岩上：《變體螢火蟲》（新北市：遠景出版社，2015年7月），頁19。

作，與定居的南投草屯息息相關。

　　出身嘉義的岩上，自一九五八年臺中師範畢業後派任南投草屯任教以來，便長期定居於此。從他的詩作中經常看到「火炎山（亦即九九峰）」、「碧山岩」[14]、「烏溪」[15]等草屯的自然地景，身處群山環繞、田園與自然景色豐富的南投草屯，親近自然已成為岩上生命中不可或缺的部分。從早期的詩作便可看出。

　　也因此，長期定居草屯的岩上，多年來出入南投鄉間、山林，看遍了農村田園的改變、山林疆域的衰退，有著第一線的觀察與感慨。創作於一九七〇年代的詩集《冬盡》，便多見南投農村山林凋敝的景象。如〈伐木〉：「伐木者以鋸齒芒鞋而來／叩問切腹是什麼姿態／眾樹嘩然／搖昇了熟睡的羽毛／山嵐燎原而來／我們聞到／腐臭的焦味／從山後的灰燼中揚起……」[16]；又或者〈那些手臂〉：「從黑暗中伸出來／從矮小的土屋裏伸出來／從腸胃的呼叫間伸出來／……縮回，圳水乾涸／縮回，田野荒蕪／縮回，山坡滑流／縮回，高峰光禿／手臂沒有縮回／手臂繼續伸出」[17]。

　　多數評論者討論岩上時，定義岩上的詩作具有強烈的現實批判精神，而曾進豐曾沿用張漢良對一九七〇年代臺灣詩壇的觀察[18]，以「田園模式的變奏」為岩上此階段的創作下了更精準的標註。

14　岩上〈我並沒有和草屯做生死之約〉：「我的愛／是火炎山九九峰對峙碧山岩的晨曦和晚霞／是烏溪潺潺的流水和搖曳蘆葦的對話／是雙冬的檳榔碧峰新莊的九號稻米的嚼勁」，收錄於岩上《變體螢火蟲》，頁196。

15　岩上〈烏溪菅芒花〉：「烏溪切割了時空的斷層／妳等待的／飄搖／菅芒花的髮／我涉水的軀身／湯湯的影／烏溪牽掛著相思的／斷崖」，收錄於岩上《變體螢火蟲》，頁203。

16　岩上：《岩上詩選》（南投市：南投縣立文化局，1993年），頁57。

17　岩上：《岩上詩選》，頁67。

18　曾進豐：《經驗與超驗的詩性言說──岩上論》（臺北市：秀威資訊科技股份有限公司，2008年1月），頁123。

　　對於臺灣生態關懷精神崛起，對創作者所造成的影響，或可參考
張漢良在《八十年代詩選・序》的說法：

> 狹義的田園詩指田園的或鄉土的背景，以及謳歌自然的題材。
> 但廣義的田園模式或原型不僅包括上述二者，還兼及詩人對生
> 命的田園式關照與靈視，諸如對故國家園、失落的童年，乃至
> 文化傳統的鄉愁。[19]

　　張漢良這段來自當下的論述，將我們拉回到那個變動的時代。面臨產
業、地景開始快速變化的聚落，震撼詩人心靈的或許不全然是絕對的
生態破壞，也參雜著既有聚落型態的改變。這種田園模式的「變奏」，
來自於見證環境、文化的變遷，比如農村凋敝，便是一種時代所致的
鄉愁。岩上此時期獲得一九七三年第一屆吳濁流新詩獎的〈松鼠與風
鼓〉，便是以描述農村的凋敝為主題，〈冬盡〉一詩亦是。在生態批判
之前，在岩上詩路上最初萌芽的，是居地田園山林的消逝與變化。
　　然而此時走過一九八〇年代的《臺灣瓦》集內，也已見批判環境
汙染之作發表。如發表於自立晚報「生態詩・攝影展」的〈破窯〉：
「曾經令天空咳嗽的煙囪／依然堅持它直立的傲慢／只是喉管已不再
發癢……」[20]寫出了對傳統窯場的汙染反思。同樣發表於《自立晚
報》的〈重登碧山岩〉一詩，也寫下了草屯貓羅溪流域遭受工業汙染
的景象：「嘩啦啦的籤筒已隨著母親的年代消逝／抽籤，投一枚硬幣
吧／秋蟬依然淒淒／我習慣轉身／面對貓羅溪已不再清澈潺潺／工業
區的廢水汙濁到此／轉折，又繼續濤濤滾去……」[21]

---

19 紀弦等編：《八十年代詩選》（臺北市：濂美出版社，1976年6月初版），頁3。
20 岩上：〈破窯〉，《自立晚報》，副刊，1984年7月13日。
21 岩上：〈重登碧山岩〉，《自立晚報》，副刊，1984年8月20日。

（二）生態批判時期

岩上的詩作當中，具備強烈生態批判意識的作品，大多聚焦在一九九〇年代。此時，也正好是他擔任《笠詩刊》主編的時期。無論是被動的受到社內、社外來稿作品的影響，亦或是作為《笠詩刊》主編的意識，令他主動以實際創作貫徹笠詩社直面現實、關懷鄉土的路線主軸。

岩上接任主編後，於《笠詩刊》再次發表的詩作乃是以「動物生態詩」為題的系列詩作，分別刊於一九五、一九六兩期的「動物生態詩」二十首詩作，雖然部分詩作偏向詠物詩、或單純作為意象使用，然而也有如〈松鼠〉、〈鷺鷥〉、〈伯勞鳥〉等關懷當代動物生命、生態系的詩作，可確認部分詩作確有生態詩之意識，而非單純作為「生」物型「態」諧擬之作。

時值臺灣整體社會環保意識崛起之時，因此也有呼應生態環保時事話題之詩作。就此時期岩上於《笠詩刊》陸續發表的多首生態詩作來看，雖然難看出具體的特定事件，然而這些議題也頻繁出現於同時代詩人創作的生態詩當中。比如憐憫鳥類命運、批評養鳥文化的〈鬥鳥〉：「兩隻畫眉鳥／被關在／鳥籠裡／格鬥／／這個世界／太渺小／只有勝負的／空間」[22]；反映都市空氣污染的〈廢氣戰爭〉：「人們在逃避汽車攻城的威脅下／戴起空氣濾清器／汽車裡應外合／以排氣管一排一排圍堵城市／日以繼夜／不停地噴氣掃射」[23]。

此階段岩上創作生態詩的能量之旺盛，相似主題的詩作也不只發表在《笠詩刊》上，也多次發表於其他刊物。如自然觀察之作〈候鳥和麻雀〉發表於《文學臺灣》、速寫生活污染的〈垃圾的眼屎〉發表

---

22 岩上：《更換的年代》（高雄市：春暉出版社，2000年12月），頁11。
23 岩上：《更換的年代》，頁18。

於《民眾日報》、批判檳榔樹破壞水土保持的〈土石流〉發表於《自由時報》，這些遍地開花的發表紀錄，可窺見岩上當時活躍的身影。

　　岩上此時期的詩作較多揭露生態破壞、呼應環保議題之作，具有強烈的批判精神與企圖。以詩集來看，生態批判時期的詩作大多集中於《更換的年代》與《針孔世界》兩集。尤以初入一九九〇年代的《更換的年代》一冊，生態詩作數量最為密集，也更顯露見世紀末直截的憤怒，與對生物的憐憫。

（三）旅情感懷時期

　　或許與卸下《笠詩刊》主編職務有關，《漂流木》以降的詩集，關懷自然與悲憫生命之作變得較為零散。二〇〇九年付梓的《漂流木》，部分詩作將國族身世感慨寄於自然景色之中——當然，是殘破且不勘的——詩作較無先前直指生態現況的斷然，反而增加了感慨與體悟。

　　此階段的岩上，自教職退休多年，也卸下《笠詩刊》主編重責，相較於表達批判，此時期更多表現優遊旅情的逸興之作。比如〈王功漁港看海〉：「很多弱小的海灘生物／在海與陸地爭奪的地帶生存／沒被注意　不知自生到自滅／甚或群體被捕殺」[24]此詩寫下觀海的隨想，雖寫出潮間帶生物的卑微，卻也不帶多餘的憤怒；〈水草世界——參觀勝洋水草農場聯想〉一詩，則更直接投入於自然界生命力的歌詠：「綠草邀約藍天徜徉大地／拉手接連為一體／沒有區分的類別／不知名稱的花花草草／共享水源與大地的寶藏」[25]。

　　二〇一五年出版的《變體螢火蟲》亦大抵如此，唯對故鄉草屯九九峰、烏溪等熟悉景色之眷愛不變，並深化為與對青春、生命的感

24　岩上：《另一面》（南投市：南投縣文化局，2014年），頁78。

25　岩上：《另一面》，頁152。

悟。如〈火炎山依然面對〉：「只有火炎山待我最好／始終以原有的表情面目注視著我／／當年初戀約定在公園見面的那棵苦楝樹／早就沒有形影／愛情尚未取得證明／鎮公所就遷移再遷移」[26]；〈我並沒有和草屯做生死之約〉更直抒對故鄉的眷愛：「我的愛／是火炎山九九峰對峙碧山岩的晨曦和晚霞／是烏溪潺潺的流水和搖曳蘆葦的對話／是雙冬的檳榔碧峰新莊的九號稻米的嚼勁／是鳥聲是蟬鳴／是嬰兒的哭是老人的咳／是熟悉的街道／是不熟悉的路人和滾滾的煙塵」[27]。

當然，呼應自然浩劫時事之作依然存在。如同九二一曾經帶來的震撼，二〇〇九年於高雄小林村造成毀滅性打擊的「八八水災」，再次掀起岩上對環境生態的關注與現況的憤怒。連續發表〈菅芒花望著——八八南臺灣水災有感〉、〈好山好水滅頂記〉、〈禍水性格——二〇〇九年八八水災有感〉等多首詩作，寫下對於水土保持破壞惡果的震驚與批判。

（四）小結

回顧岩上過往的創作歷程，其生態詩創作不單單受到時代的感召，也不僅只有來自笠詩社的養份，也有許多發自個人生命階段的展露。這說明了為何岩上持續創作著生態詩，不單只是因著環保議題的熱度而創作，同時也是因為自然與生命的密不可分，令他有無盡的話可以述說。

下節將打破時間軸，從主題類型來歸納岩上的生態詩作品。一方面，以類別突顯岩上生態詩觸及的議題廣度；另一方面，也能從各類型詩作的數量比例，發現岩上對特定主題的關注。

---

26 岩上《變體螢火蟲》（新北市：遠景出版社，2015年7月），頁193。

27 岩上《變體螢火蟲》，頁196。

四　岩上生態詩的類型分析

　　岩上關注現實的一貫精神，可從其二〇一四出版的《另一面》詩集〈自序〉看出，回顧漫長的創作歷程，岩上自剖「我曾經說過：詩的可恨在於無法摒棄詩中的現實性。」透露出創作的堅持與掙扎，並進一步解釋：「實則我愛這塊土地；關懷這個島嶼的生滅。地景的觀照，社會的動態觀感，我還是無法割捨在時空的現象裡。」[28]岩上自覺的認為創作與社會時事不可分割，作品中也確實存在許多呼應當代環保觀點、針對生態事件而創作的軌跡。

　　此類詩作看似容易辨別，然而只有少數詩作會透露事件相關的資訊，如〈菅芒花望著——八八南臺灣水災有感〉能看出為八八水災而寫的動機。多數詩作雖即便呼應時下熱議生態議題，卻不一定能看出來自任意特定的來源。為求分類切實吻合臺灣環境意識的崛起歷程，將參考臺大社會系何明修教授於二〇〇一年發表之〈臺灣環境運動的開端：專家學者、黨外與草根（1980-1986）〉，依臺灣環境運動史發展歷程，依序比對岩上生態詩作，以此推敲還原創作當時可能影響要因。

（一）鳥的連鎖

　　臺灣生態詩作中，常見與鳥類的詩作，或描述候鳥南遷的蹤跡與危機，比如林央敏〈還鄉鳥的感觸〉、李昌憲〈山鳥的浩劫〉、蔡秀菊〈南路鷹悲歌〉；或對養鳥賞鳥文化的摒棄，比如趙天儀〈鳳凰谷鳥園〉、陳斐雯入選《七十三年詩選》的〈養鳥須知〉。岩上所創作有關動物的詩作當中，就以描述鳥類的最多。究其原因，或與臺灣環保運動的第一步息息相關。

---

28 岩上：《另一面》，頁7-8。

　　早在一九六〇年代，東海大學展開臺灣留鳥及遷徙鳥類的田野調查工作，研究人員發現屏東部分地區居民有獵捕伯勞鳥及遷徙鷹類的習慣，[29] 嚴重影響這些鳥類的生存。然而，根據何明修的研究，此階段研究成果大多呈報官方單位，並未公開為大眾所知。真正讓環保意識進入到民眾生活的，則要等到國家公園的規劃與設置。

　　一九七二年施行《國家公園法》，棲地保育終於有法可依。一九八〇年灰面鷲、紅尾伯勞等候鳥過境的墾丁地區，被列為國家公園，與當地由來以久的獵鳥、食用鳥類的習性產生衝突。主張保育的學者為趁機改變各地獵鳥的習性，於是開始於媒體呼籲大眾拋棄「劣質飲食習慣」[30]，不再將鳥類當作營養來源，也讓候鳥生存的問題，成為臺灣第一個共通的生態話題。

　　而岩上所創作的鳥類，也可見這些保育觀念的浮現。發表於《笠詩刊》一九五期「動物生態集」系列作中的〈伯勞鳥〉，便以對鳥呼告的方式，直言捕鳥、食用鳥肉的舊習：「飛過吧／切莫停留／這個沒有主權的／島嶼／處處聞到烤鳥的焦味」；呈現自然觀察與隨想的〈候鳥和麻雀〉，也見到灰面鷲的現身：「一群群土生的麻雀／張望著／望著／灰面鷲遠飛／望著／伯勞鳥離去／望著茫茫的天際／／為什麼要遷移／為什麼要遠行」[31]；而〈鳥味地帶〉則以鳥類隨糞便散播松樹籽的生態性，讚嘆生命的奧秘：「通過鳥機器化學分解的漫步腸胃／不死就是不死／種籽、遍撒一地／就這樣苗壯成一片林木」[32]。

---

29 李昌憲〈山鳥的浩劫〉、蔡秀菊〈南路鷹悲歌〉都屬此類作品。分別收錄於李昌憲：《生態集》（臺北市：笠詩社，1993年6月），頁6-8。蔡秀菊：《蛹變詩集》（臺中市：臺中市文化局，1997年4月），頁27-30。

30 何明修：〈臺灣環境運動的開端：專家學者、黨外、草根（1980-1986）〉，《臺灣社會學》，第2期（2001年12月），頁117。

31 岩上：《更換的年代》，頁151。

32 岩上：《更換的年代》，頁153。

　　除了關心候鳥的話題之外，岩上也關注被人類馴養的寵物鳥與賽鴿。比如現今已罕見的〈鬥鳥〉：「兩隻畫眉鳥／被關在／鳥籠裡／格鬥／／這個世界／太渺小／只有勝負的／空間」[33]；或者依然存在的賽鴿競賽〈我和鴿子的飛行〉：「飛行是唯一的籌碼／拋擲的賭注，不能折翼墜死／手中的旗竿和飛旋的羽翼／是一條不可斷離的拔河繩索」[34]；〈籠中鳥〉則是試擬失去自由天空的寵物鳥，表達卑微生命的不自由：「用同樣的曲調／唱反覆的歌聲／只要不令人討厭就好」[35]。

（二）公害污染

　　臺灣經濟起飛的後果，理所當然指向了環境的破壞。然而汙染早已悄悄存在，卻又是如何突然變成民眾關心的議題，甚至於詩人寫詩批判的箭靶呢？或可由臺灣空氣汙染的問題的浮現來看出端倪。

　　由中興大學資源管理研究所教授蕭代基，與中研院經濟所研究助理張瓊婷聯合發表的論文〈臺灣四十年來空氣汙染問題與對策〉，點出了臺灣民眾開始意識到汙染嚴重性的三個原因，分別是：人口激增造成鄰近工廠的地區也成為住宅區；人民所得提升，願意為了提升生活品質，甘願花錢購買汙染較低的燃料；汙染源與汙染量開始超出大自然自淨能力，造成損害已開始擴大。[36]簡而言之，便是民眾已無法忽視、閃避迫近眼前的污染，同時自然也已經造成無法修復的破壞。

　　除了實際的感受之外，民眾「知」的改變，也大大重組了社會的重心。一九八一年黨外雜誌《生活與環境》的創辦，發行十二期揭露

33　岩上：《更換的年代》，頁11。

34　岩上：《更換的年代》，頁157。

35　岩上：《針孔世界》（南投市：南投縣文化局，2003年），頁39。

36　《臺灣四十年來空氣汙染問題與對策》蕭代基、張瓊婷，中央研究院社會學研究所：
　　https://www.ios.sinica.edu.tw/ios/seminar/sp/socialq/xiao_dai_ji.htm

了許多公害問題，如農藥濫用、彰化臺化污染、南港啟業化工、核廢料……等，將臺灣的公害危機全面的攤開於民眾眼前。繼國家公園成立，而由學者們自官方發起的第一波環境保護運動之後，藉由黨外雜誌《生活與環境》的發聲，將令環保力量改由民間發起、由下而上督促政府積極轉動，也開啟了人們對各種公害的監督與批評。[37]

岩上的詩作當中，自然不會缺少這些現代人所面臨的各式公害。如刊登於《自立晚報》「生態詩・攝影展」的〈破窯〉，一邊懷古、一邊召喚窯場曾經造成的空汙：「曾經令天空咳嗽的煙囪／依然堅持它直立的傲慢／只是喉管已不再發癢……」[38]；又如寫下氣候異常的〈盛夏〉，人們關在冷氣房內，無視氣候詭異的變化：「我們懶於傾聽遙遠的風雨／這消息／像深夜喊賊沒人理睬……什麼鳥的歌聲／雲的衣裳／全都旋入／冷氣機的馬達裏」[39]；當然，因都市車流而造成的廢氣汙染，也讓我們在〈廢氣戰爭〉一詩中，看到那個逐日氤氳的年代：「人們在逃避汽車攻城的威脅下／戴起空氣濾清器／汽車裡應外合／以排氣管一排一排圍堵城市／日以繼夜／不停地噴氣掃射」[40]；關於海洋的汙染問題，也夾雜在地層下陷的問題中，在〈失去海岸的島嶼〉詩中浮現：「海岸已經沉淪／地層下陷／海水倒灌／只有垃圾／只有汙油／只有高高圍堵的波堤」[41]，其中海水倒灌，則又與下小節的自然反撲有關。

---

37 何明修：〈臺灣環境運動的開端：專家學者、黨外、草根（1980-1986）〉，《臺灣社會學》第2期（2001年12月），頁117。

38 岩上：〈破窯〉，《自立晚報》，副刊，1984年7月13日。

39 岩上：《岩上詩選》，頁100。

40 岩上：《更換的年代》，頁18。

41 岩上：《更換的年代》，頁124。

（三）自然反撲

　　除了對生命（鳥）的憐憫、對現代公害的撻伐之外，臺灣生態詩最常見、最無力的主題，不外大自然的反撲。早在討論國家公園成立之時，其實也已揭開國土開發過度的慘狀。山林濫伐、水土保持失衡的惡果，自此逐一攤開在大眾面前。而臺灣陡峭的多山地形、湍急的河川，都令日益脆弱的國土，遇來愈難保持無傷的面貌，而這些「真相」，也開始逐步攻佔新聞媒體的版面，成為民眾真實的夢魘。

　　其中，因為經過媒體報導，而將震撼的天災畫面播送到民眾心中的，當屬一九九六年的賀伯颱風。暴風圈壟罩全臺的賀伯颱風，大量且長時間的豪雨在臺灣各地都造成災情。中南部沿海多處發生海水倒灌，而南投水里鄉、信義鄉、鹿谷鄉等地發生山洪爆發、民眾遭到活埋。然而最令全國震驚的畫面，是信義鄉神木村的村民，拍下大規模土石流爆發畫面，透過電視新聞播送，讓全臺民眾首次知道了何謂「土石流」。

　　土石流震懾人心的畫面，引起民眾討論與恐慌。面對整個社會的集體恐懼，岩上自然無法自外其中。一九九七年發刊的《笠詩刊》一九七期，岩上就在〈編輯手記〉內寫下了賀伯颱風災情，並對造成此災情的人為疏失進行強烈批判。此外，岩上亦有多首詩作可見關於土石流的描寫，甚至在《更換的年代》詩集中，就有一輯取名為「地震與土石流」。此類詩作比如如〈漂流木〉：「逃獄山林的藩籬／逃脫土地盤根禁錮的圍殺／趁著暴風雨狂飆的惡夜／他們通通臥倒／隨著洪水流竄」[42]；創作於賀伯風災一年後的〈寂滅的山坡〉：「失去林木保護的／山坡地／是被擦傷的皮肉／碎弱的砂石／像生癬一樣癢痛」[43]；

---

42 岩上：《漂流木》（臺北市：秀威資訊科技股份有限公司，2009年3月），頁111。
43 岩上：《更換的年代》，頁126。

〈流失的村落〉：「雨的瘟神攻城掠地捲席／大地／跳動成為山洪爆發的土石流域／左岸親人？／右岸國家？」[44]雖然並未標明為特定災情而寫、創作年份也分散，然而若與較早的作品比較，比如一九九〇年發表於《笠詩刊》的〈豪雨過後〉「豪雨過後／我們看不到天邊璀璨的雲霞／只有一張張破碎的臉／河川氾濫／堤防崩潰」[45]則能明顯看得出土石流已作為天災的代言者，盡責的於詩中呈現一個狂暴失衡的無力世界。

（四）小結

隨著上述臺灣環境保護運動的腳步、民眾目睹天災的集體恐懼，也因而發現了岩上生態詩創作歷程的些許里程碑。從這些已具規模的生態詩作，不難發現生態詩的創作對岩上而言，並非只是一時興起、湊熱鬧之作，而是長期耕耘與貫徹的文學理念。

其實在這些與環保相關的詩作之外，岩上仍有許多不帶批評，而對自然充滿情感、感悟的詩作。而這些詩作，往往與他的居地草屯有關。向明曾指出，岩上對於自身的「愛鄉精神」其實早有自覺：「岩上在《冬盡》的後記中說，他蟄居於本省唯一沒有臨海的縣份，平日耳濡目染多是鄉土風物，故而對他而言，鄉土風物入詩係屬必然。」[46]若再繼續細論岩上書寫南投的詩作，則又會是另一種呈現。

---

44 岩上：《針孔世界》，頁111。

45 岩上：《更換的年代》，頁120。

46 向明：〈也是一面鏡子——淺談岩上的「割稻機的下午」〉，收錄於岩上：《岩上詩選》（南投市：南投縣立文化中心，1993年），頁170。

五　結論

　　岩上生態詩綜觀，寫到此處其實仍未能說完。青年時期即開始走入南投山林的岩上，中壯年階段經歷了臺灣環保意識興起，卻也目睹了災難的肆虐。而今，過往的懷念與憤怒皆隨著年歲而變得溫柔。如能進一步推敲此時的詩作，或許發覺他從自然中掘出的新體悟。

　　回顧早期作品，如一九八三年發表的〈登集集大山〉：「坐看雲卷／如何洗滌山的臉／我在雲裏／坐看霧濛／怎樣梳理山的鬢／我在霧中」[47]，那樣無憂的閒情，如同當時充滿餘裕、不知前路然而也毫無畏懼的青年階段。走過關照現實的一九九○年代，近年岩上詩中的自然生態，也再次由被旁觀的他者，與自我的生命相扣合，比如二○一三年的〈老人・老樹〉：「春天來臨／樹枝又長出翠綠新芽／應該還有振奮的生命力吧／人老體衰皺紋深陷／樹皮包裹著僵硬又鬆弛的筋骨／但求精神不懈」[48]在看似衰減的活力底下，其實依然藏著不曾衰退的心志，表面描述老樹，也是對此階段自我的喊話吧。兩首詩對比出兩個生命階段的感受，此階段詩作所展現的哲理，因過往的堅持與體悟，而更顯智慧。如岩上自己在〈變體螢火蟲〉這首詩的附記中所說：「此詩旨不在詠物，乃藉螢火蟲生態與發光的特質與發物之變體，喻物與我，給客觀事物塗上主觀思維，經自我錘鍊成為發光體，而不僅僅是一隻昆蟲」[49]這首詩就是岩上近期創作心境的最佳寫真，而這首詩是這樣寫的：「激情錘鍊的／變體，我不是蟲／是光」岩上近期的詩作，免去了外在世界的干擾，更聚焦於物我之間的對話，雖非一般印象中以環保議題為核心的生態詩作，然而展現人在自然中的

47　岩上：《岩上詩選》，頁105。
48　岩上：《變體螢火蟲》，頁80-81。
49　岩上：《變體螢火蟲》，頁33。

感受、啟發，仍是臺灣生態詩尚待深究的一環。

　　本篇論文中所論及岩上的生態詩作，大多集中於現實精神昂揚的一面。由於岩上久居南投的地緣因素，再加上長久以來，身為笠詩社要員的文學血緣，令岩上在臺灣生態詩中，具有高度的完成，以及不容忽視的貢獻。僅以本文初步勾勒岩上在生態詩方面的成就，盼能為臺灣生態詩研究，多添一枚不滅的星芒。

引用及參考書目

一　詩集

白　靈、蕭蕭、羅文玲　《臺灣生態詩》　臺北市　爾雅出版　2012
　　年12月

江自得等編　《重生的音符：解嚴後笠詩選》　高雄市　春暉出版社
　　2009年

岩　上　《另一面詩集》　南投市　南投縣政府文化局　2014年

岩　上　《臺灣詩人選集：岩上集》　臺南市　臺灣文學館　2008年

岩　上　《忙碌的布袋嘴：岩上兒童詩集》　臺北縣　富春文化事業
　　股份有限公司　2006年

岩　上　《更換的年代》　高雄市　春暉出版社　2000年12月

岩　上　《走入童詩的世界》　南投市　南投縣政府文化局　2015年

岩　上　《岩上八行詩》　高雄縣　派色文化出版社　1997年

岩　上　《岩上詩選》　南投市　南投縣立文化中心　1993年

岩　上　《針孔世界》　南投市　南投縣政府文化局　2003年

岩　上　《愛染篇》　臺北市　自立晚報社　1991年

岩　上　《詩的存在：現代詩評論集》　高雄縣　派色文化出版社
　　1996年

岩　上　《詩的創發：現代詩評論》　南投市　南投縣政府文化局
　　2007年12月

岩　上　《漂流木》　臺北市　秀威資訊科技股份有限公司　2009年
　　3月

岩　上　《變體螢火蟲》　新北市　遠景出版社　2015年7月

鄭炯明　《穿越世紀的聲音：笠詩選》　高雄市　春暉出版社　2005
　　年8月

二　專書

林　廣　《探測詩與心的距離：品賞岩上的100首詩》　南投市　南
　　　　投縣政府文化局　2013年11月

陳振盛、鄭邦鎮　《2008南投文學學術研討會論文集》　南投市　南
　　　　投縣政府文化局　2008年

曾進豐　《經驗與超驗的詩性岩說：岩上論》　臺北市　秀威資訊科
　　　　技股份有限公司　2008年1月

趙天儀等　《岩上作品論述第一集》　南投市　南投縣政府文化局
　　　　2015年11月

三　期刊論文

何明修　〈臺灣環境運動的開端：專家學者、黨外、草根（1980-
　　　　1986）〉　《臺灣社會學》　第2期　2001年12月　頁97-162

四　學位論文

謝三進　《臺灣生態詩之初期作品研究：以「自立晚報」副刊一九八
　　　　四年「生態詩・攝影展」為例》　臺北市　臺灣師範大學臺
　　　　灣與文學系碩士論文　2012年

岩上兒童詩自然論

葉衽榤

臺灣師範大學臺灣文化及語言文學研究所博士

摘要

　　過往解析岩上創作者，多以寫實主義或社會批判之特徵論之。若由詩人本身長年的寫作風格，回望其創作之兒童文學，或許也可得到其受社會脈絡塑造影響之結論。然而文學本身多變，宏觀岩上兒童詩創作之《忙碌的布袋嘴──岩上兒童詩集》，內容依輯可約分為海、季節、鄉村與臺語等四類，未必全受到社會脈絡的影響。從文學創作論而言，四種類別並非單純以事物融入文學創作意識，而是經修飾後之環境意象融鑄於意識。此種創作方法不僅貌合西方之自然書寫（nature writing），亦神似司空圖《二十四詩品・自然》中之「俯拾即是，不取諸鄰。」本文再探岩上詩風，考察《忙碌的布袋嘴──岩上兒童詩集》之重要元素，分析具有自然取向之童詩特徵，再定錨岩上創作的多樣性與童詩創作定位。

關鍵詞：環境、海、季節、鄉村、臺語

一　以詩人風格探索文學史歸屬

　　《忙碌的布袋嘴──岩上兒童詩集》為目前岩上在兒童文學領域的重要代表作。此書出版於西元二〇〇六年，分為四輯，總計六十首詩。岩上長期在兒童文學領域活躍[1]，並曾任中小學教師，也身處兒童教育與文學現場，在其多元化的創作歷程中，稱他其中一個身分為兒童文學作家也不為過；學界與評論界通常對岩上專精堪輿學、太極拳[2]與命理研究充滿興趣，更慣以從《漂流木》、《臺灣瓦》、《更換的年代》、《針孔世界》定位其文學史位置；除此之外，岩上的「八行詩」亦為學者與評論者關注之重點。[3]然而岩上諸作之間雖有不同脈絡與類型之文學展現，但探索一位詩人之創作不可偏廢，宜尋覽全景，抽絲剝繭，試著再彙整其文學風格之特徵，反映其於文學發展繁複系譜中之位置。

　　評論界與學界對岩上之關注是長期的，早期在《笠》詩刊便有陳鴻森、傅敏、朱沙、拾虹、陳明臺等人之〈評岩上「談判之後」〉，稍晚一些白雲生有〈草鞋墩的詩人──岩上（嚴振興）〉，趙天儀於《靜宜人文學報》發表有〈現實與超現實的結合──論岩上的詩與詩論〉，向陽在《聯合文學》有〈為現代詩把脈──評岩上《詩的存在》〉[4]，初步來看為宏觀式的綜論。

1　事實上岩上長期耕耘《滿天星》兒童文學雜誌，並擔任臺灣兒童文學學會理事長，對於臺灣兒童文學的發展有重要貢獻。臺中文學館於西元二〇一六年四月二十四日舉辦滿天詩意星光閃亮活動，由岩上、林武憲、康原、蔡榮勇等二十餘位詩人共讀同賞童詩，展現臺灣兒童文學活力。

2　其實在《忙碌的布袋嘴──岩上兒童詩集》中的〈山與海〉一詩，也提及了「太極拳」。顯示岩上兒童詩與現代詩之間雖有文類上的界線，但題材上卻有交疊的情況。

3　可參考趙天儀等著：《岩上作品論述第一集》（南投市：南投縣政府文化局，2015年11月）。

4　詳見：陳鴻森等：〈評岩上「談判之後」〉，《笠》，第45期（1971年10月），頁38-41；

　　一九八〇年代後期起，評論界與學界開始關注岩上的八行詩，尤其以《笠》為核心，古遠清與古繼堂在《笠》分別有〈對人生哲思的感悟——評「岩上八行詩」〉、〈充滿生活哲理的詩篇——評岩上詩集「岩上八行詩」〉，謝輝煌有〈疑問號裡醒眼——岩上「岩上八行詩」讀後〉，黃明峰有〈觀物取象的智慧——論「岩上八行詩」〉，王灝〈試說岩上八行詩中的形式意義〉，主要是從文學形式來看岩上詩作；一九九〇年後，以《笠》和《臺灣詩學季刊》為中心，關注詩集《更換的年代》，如蔡秀菊〈時代之聲・歷史之眼——我讀岩上詩集《更換的年代》〉、林政華〈詩衝突的相對面——讀岩上《更換的年代》詩集〉、陳康芬〈臺灣現代鄉土的詩眼與詩心——試論《岩上八行詩》與《更換的年代》的書寫意義〉等[5]，隨著岩上出版新詩集，從而產出相對應之評述與研究。

　　《針孔世界》與《漂流木》出版後又掀起另一波的岩上研究，簡政珍有〈去除裝飾性的抒情——評岩上的詩集《針孔世界》〉、林政華有〈對土地的摯愛——岩上詩集《釓孔世界》的重要主題〉、曾進豐

　　趙天儀：〈現實與超現實的結合——論岩上的詩與詩論〉，《靜宜人文學報》，第8期（1996年7月），頁65-73；向陽：〈為現代詩把脈——評岩上《詩的存在》〉，《聯合文學》，第144期（1996年10月），頁165。

5　詳見：古遠清：〈對人生哲思的感悟——評「岩上八行詩」〉，《笠》，第204期（1997年4月），頁96-98；古繼堂：〈充滿生活哲理的詩篇——評岩上詩集「岩上八行詩」〉，《笠》，第204期（1997年4月），頁90-95；謝輝煌：〈疑問號裡醒眼——岩上「岩上八行詩」讀後〉，《笠》，第212期（1999年8月），頁131-133；黃明峰：〈觀物取象的智慧——論「岩上八行詩」〉，《笠》，第213期（1999年10月），頁99-111；王灝：〈試說岩上八行詩中的形式意義〉，《笠》，第220期（2000年12月），頁126-132；蔡秀菊：〈時代之聲・歷史之眼——我讀岩上詩集《更換的年代》〉，《笠》，第223期（2011年6月），頁110-111；林政華：〈詩衝突的相對面——讀岩上《更換的年代》詩集〉，《笠》，第223期（2011年6月），頁108-109；陳康芬：〈臺灣現代鄉土的詩眼與詩心——試論《岩上八行詩》與《更換的年代》的書寫意義〉，《臺灣詩學季刊》，第39期（2002年6月），頁144-152。

有〈追尋自己永恆的神——讀岩上詩集《漂流木》〉、江東雲〈風格韻味流布於散淡恍惚間——論岩上詩兼賞析《漂流木》詩集〉等[6]，主要針對岩上詩作的批判性與詩藝開展進行探析。此後，隨臺灣文學研究的風潮，岩上各時期之創作也受到重視。

值得一提的是，康原發表有〈岩上的臺語詩〉，林政華發表〈大器晚成的兒童少年詩人——岩上《忙碌的布袋嘴》[7]，針對岩上的臺語詩和兒童詩進行論述，顯示岩上關注在文學史屬於較少人觸及的創作之外，同時學界也掌握了岩上的這種創作趨勢，體現岩上個人創作史的特別風貌。《忙碌的布袋嘴——岩上兒童詩集》同時具有童詩與臺語詩，本文亦意欲以《忙碌的布袋嘴——岩上兒童詩集》為文本，再探岩上創作之殊性。

此外，國內學位論文以岩上為題者共計五篇，分別為蔡佩娟〈現代小詩研究——以瓦歷斯‧諾幹、白靈、岩上為例〉、葉婉君〈岩上詩研究〉、蔡孟真〈岩上現實主義詩風研究——以《臺灣瓦》、《更換的年代》、《針孔世界》、《漂流木》為例〉、簡沛進〈岩上詩分期研究〉、嚴敏菁〈岩上及其作品主題之研究〉。[8]宏覽內容，由於學位論

6　詳見：簡政珍：〈去除裝飾性的抒情——評岩上的詩集《針孔世界》〉，《笠》，第245期（2005年2月），頁68-71；林政華：〈對土地的摯愛——岩上詩集《釩孔世界》的重要主題〉，《笠》，第245期（2005年2月），頁63-67；曾進豐：〈追尋自己永恆的神——讀岩上詩集《漂流木》〉，《鹽分地帶文學》，第20期（2009年2月），頁198-208；江東雲：〈風格韻味流布於散淡恍惚間——論岩上詩兼賞析《漂流木》詩集〉，《新地文學》，第7期（2009年3月），頁52-70。

7　詳見：康原：〈岩上的臺語詩〉，《海翁臺語文學》，第88期（2009年4月），頁8-31；林政華：〈大器晚成的兒童少年詩人——岩上《忙碌的布袋嘴》裡的勝景〉，《笠》，第253期（2006年），頁110-116。

8　詳見：蔡佩娟：《現代小詩研究——以瓦歷斯‧諾幹、白靈、岩上為例》（高雄：高雄師範大學國文學系碩士班，2016年）；葉婉君：《岩上詩研究》（臺中市：中興大學中國文學系所碩士論文，2007年）；蔡孟真：《岩上現實主義詩風——以《臺灣瓦》、《更換的年代》、《針孔世界》、《漂流木》為例》（高雄市：高雄師範大學中文

文有一定篇幅與諸多規定，以大範圍剖析岩上詩之主題與形式為主，為較具結構性評述的詩作分類與創作探勘。

　　文學的研究以文學創作的外部脈絡與內部文本為核心，文本的研究以追索作者的創作意欲為重點。文學創作通常以文學語言生產意義，並塑造了反映人生真實性的意象；因此文學語言才是意義概念化的重心，而文學語言的層層修辭展現，則建築了人生價值意象的系統性；經由文學語言的形象化組織後，讀者可體驗人生的多面向的真實情境。世間的事物絕對性的本來樣貌從無可知，我們對於事物的理解都是片面的，都是經由語言以孔窺天，都是修辭潤飾後的相對性意識。文學的語言即修辭後的產物，兒童詩傳達的同樣是經過潤飾後飽滿的意識，而非科學知識或證據。若將這樣的想法放到解讀童詩的進路裡，那麼可以得知童詩的文學展現，也是詮釋、敘事與修辭的雜揉的混合物。

　　綜上所述，岩上的詩風多屬具批判性與寫實風格，若從這個觀點探索岩上的兒童詩，未知是否也沿襲這樣的寫作模式？或是岩上的兒童詩風格，以別開生面的面向呈現在岩上的創作史中？此外，岩上的兒童詩創作所展現的核心關懷為何？本文以《忙碌的布袋嘴──岩上兒童詩集》中的自然環境描繪為基點，嘗試由自然論為切口，探討岩上兒童詩的內涵與文學定位。本文主要研究方法為文本分析法，意欲從岩上兒童詩文本詮釋其文學風格，並據此突顯其兒童詩之殊性與特色。本文從過去評判岩上詩風的敘述出發，考察《忙碌的布袋嘴──岩上兒童詩集》之重要元素，分析自然取向之童詩特徵，再定錨岩上創作的多樣性與童詩創作定位。

系碩士班碩士論文，2009年）；簡沛進：《岩上詩分期研究》（彰化縣：彰化師範大學國文學系碩士論文，2013年）；嚴敏菁：《岩上及其作品主題之研究》（嘉義縣：南華大學文學系碩士論文，2007年）。

二　以自然取向形成童詩的意象

　　單就童詩的創作而言，以自然或環境入詩並非是以事物融入文學創作意識，而是將經過修飾後的環境意象，融入於意識的展現。運用自然環境入詩的創作理念不僅貌合西方之自然書寫（nature writing），亦神似司空圖《二十四詩品‧自然》中之「俯拾即是，不取諸鄰。」[9]可藉此二觀點來看童詩寫作。

　　西方的自然寫作嫁接至臺灣，為一九八〇年代起因為經濟起飛與工業高速發展導致環境污染，引發污染抗爭事件，馬以工等人透過報導文學此文類進行自然議題創作，具有啟迪民眾環保意識的意涵；隨後劉克襄、吳明益、吳鳴等也藉由自然觀察與環境關懷的創作，引導社會大眾，連結了生活與自然環境，讓人與自然產生交互影響的關係；此外尚有陳玉峰、王家祥、廖鴻基等類型的自然寫作，擴大了自然書寫之定義。[10]由此可見，組成自然寫作或「自然」此一定義之內涵，隨著社會變化而質變。岩上的童詩運用自然元素入詩，或產生自然人我關係的寫作，近於西方之自然書寫。

　　專論品詩路境的司空圖《二十四詩品》則如此描繪「自然」風格之詩：「俯拾即是，不取諸鄰。俱道適往，著手成春。如逢花開，如瞻歲新。真與不奪，強得易貧。幽人空山，過雨採蘋。薄言情悟，悠悠天鈞。」[11]詮釋了詩中真正的美景描繪就在生活周遭的環境裡，不

9　本文摘錄之〈二十四詩品〉內容，皆來自（唐）司空圖：《司空表聖文集》（宋蜀刻本唐人集叢刊）（上海市：上海古籍出版社，2013年11月）。

10　有關臺灣自然寫作之定義與研究，可參見吳明益：《當代臺灣自然寫作研究》（桃園市：中央大學中國文學系博士論文，2003年）。相關概念該文詳盡完整，本文不再贅述。

11　本文摘錄之〈二十四詩品〉內容，皆來自（唐）司空圖：《司空表聖文集》（宋蜀刻本唐人集叢刊）（上海市：上海古籍出版社，2013年11月）。

需要刻意至名山大川取景，重點在於「俯拾即是」。所謂「自然」之詩即無論在何種情境、何時何地，透過生活環境感悟，從中獲得創作靈感，將意志藉由自然之意象入詩，俯拾之間，即是詩。

《忙碌的布袋嘴──岩上兒童詩集》分為四輯，這四輯其實已很清楚的提出四個主要的焦點：「海」、「季節」、「鄉村」、「臺語」，在這四個焦點當中，「海」近於西方之自然寫作，後三個「季節」「鄉村」、「臺語」在概念上則接近《二十四詩品》之「俯拾即是，不取諸鄰。」

《忙碌的布袋嘴──岩上兒童詩集》中的四輯分別為「忙碌的步帶嘴」、「春天裡的麻雀」、「踢罐子」、「臺語囝仔歌」。雖然清楚劃分了輯數，但詩作數量的分布不平均，其中「忙碌的步帶嘴」有三十首、「春天裡的麻雀」有十首、「踢罐子」有十首、「臺語囝仔歌」有十首。（詳見本文附表）在整冊共計六十首的詩集中，「忙碌的步帶嘴」即占了百分之五十，為整冊詩集的重心所在。

或許岩上受到長期在教育體系服務的影響，「忙碌的步帶嘴」這一輯的寫作，不但較像典型的兒童詩，口吻的表現方式也很「童話」。關於這輯的兒童詩創作，受到寫實主義或批判風格等的影響程度相對較少，反而呈現出「哲理」或是「人生觀」等具有教育寓意的詩作較多。過去學界與評論界就已注意到岩上對於風水、易經、術數等有相當的掌握，也許因此投射至兒童詩內涵。

林政華的評論也指出在《忙碌的布袋嘴──岩上兒童詩集》[12]中，「忙碌的步帶嘴」的質與量都是全詩集第一，並且有三個部分特別突出：「對膠筏小漁船的特別關注」、「海洋兒童少年詩的出現」、「表現了討海人家子女的真心」。[13]這三者，其實都圍繞著「海」這個意象。

---

12 本文引用之岩上兒童詩，均來自：岩上：《忙碌的布袋嘴──岩上兒童詩集》（臺北市：富春文化事業股份有限公司，2006年1月）。

13 林政華：〈大器晚成的兒童少年詩人──岩上《忙碌的布袋嘴》裡的勝景〉，收錄趙

「漁筏」[14]這個題材，岩上在〈出海〉、〈爸爸在海上捕魚〉、〈取投與去回之間〉、〈爸爸的船隻〉、〈漁舟〉、〈養蚵〉、〈起伏的日子〉等有所展現。[15]都展現了天與人，或是自然（大海）與生活之間的關係。〈出海〉裡敘述塑膠筏隨著潮水微微的起伏，敘述者（孩童）望著晴朗的天空，一心期待晚上的天空能夠晴朗，因為「爸爸又要出海了」。〈爸爸在海上捕魚〉描繪敘述者（孩童）的爸爸輕鬆愉快而十分嫻熟的在海上駕著塑膠筏捕魚，所有的魚群在爸爸的捕魚技巧下均無可遁逃，然而爸爸捕魚時一邊聽流行歌曲，一邊聽「氣象廣播」，仍然需要「靠天吃飯」。

〈取投與去回之間〉寫敘述者（孩童）一家人的幸福，都「掌握在爸爸手中駕駛筏船的／去與回之間」。〈爸爸的船隻〉描寫海象狂風大浪，許許多多的船隻都已經入港靠岸，但敘述者（孩童）爸爸的船尚未回來，於是呼喊著「爸爸的船隻／趕快出現／吧！」。〈漁舟〉呈現出恬靜的氣息，漁筏靜靜的躺在大海上，而平靜的大海就是一大片財富。〈養蚵〉描繪敘述者（孩童）的爸爸駕著竹筏養蚵就能安心等待收成，但這是有條件的：「只要風平浪靜／只要海水沒有汙染」。〈起伏的日子〉也以敘述者（孩童）的爸爸養蚵為描寫重心，以海的起伏掌握了一家人的起伏：「我們的日子／就像海浪起起伏伏」。[16]從漁筏出發，岩上兒童詩運用了大海上的意象，突顯自然與人休戚與共的議題。

天儀等著：《岩上作品論述第一集》（南投市：南投縣政府文化局，2015年11月），頁328-335。（首次刊登處：林政華：〈大器晚成的兒童少年詩人——岩上《忙碌的布袋嘴》裡的勝景〉，《笠》，第253期，2006年，頁110-116。）

14 林政華以「塑膠筏」為主，但其實尚有漁筏或竹筏等，本文將「筏」一律納入討論。

15 其他數首提及「漁船」者，由於未必是漁筏，可能就是捕魚之一般漁船，因此不列入討論。

16 全詩詳見岩上：《忙碌的布袋嘴——岩上兒童詩集》（臺北市：富春文化事業股份有限公司，2006年1月）。本文正文引用之詩句，以引號呈現。

　　林政華提及岩上「忙碌的步帶嘴」第二個特別的部分是「海洋兒童少年詩的出現」，認為這些詩作同時結合了海洋文學與兒童文學，是對海上風光有貼切描寫的創作。事實上「忙碌的步帶嘴」全數詩作均與海洋有關，岩上在《忙碌的布袋嘴──岩上兒童詩集》的〈後記〉中自述：

> 二〇〇一年二月冬天，到嘉義布袋海邊漁港唯一的汽車旅館住了幾天，每天由師校同學蔡茂雄陪伴，去看海，欣賞海鳥和魚塭養魚者聊天，並訪問出海的漁夫、養蚵人家、觀察海口人生活的狀況。原先想寫些散文或現代詩，結果卻陸續寫下了三十首兒童詩，就是《忙碌的布袋嘴》這一輯。[17]

這一輯的詩作，一定份量上體現了大海與生活的連動性。從兒童之眼看見的世界，並不亞於成人對環境的關愛。（又或者，原本就是藉由兒童口吻，反映人與自然的關係。）例如在〈防風林〉一詩敘述：「可惜海水侵襲／防風林已經枯死了很多／在這旁邊／大卡車進進出出／正在進行防坡堤的工程……」又如〈海的夢〉描繪：「據說／那裡沒有污染／沒有捕殺……」[18]對於環境的關懷有著西方自然寫作的味道，在兒童較為單純而質地純粹的文學語言裡，表述了岩上對於所觀察到之環境的不捨與批判。

　　「忙碌的步帶嘴」在林政華的評述中，第三個重點為「表現了討海人家子女的真心」。林政華的這個判斷頗為有趣，因為它展現了

---

17 岩上：《忙碌的布袋嘴──岩上兒童詩集》（臺北市：富春文化事業股份有限公司，2006年1月），頁153。

18 本文引用均來自：岩上：《忙碌的布袋嘴──岩上兒童詩集》（臺北市：富春文化事業股份有限公司，2006年1月）。

《忙碌的布袋嘴——岩上兒童詩集》最重要的意旨，也就是童詩裡的童趣。透過兒童的感官與體悟，表達對於這個世界的感受，直觀式的表達對環境現象的好惡，並發揮馳騁的想像力。兒童對世界的想法是直接的，是口語化的，也是更貼近人性的反應。例如在〈高興的時刻〉裡敘述者（孩子）描繪每天早上當爸媽出門捕魚時，自己便和姊姊同時間上學；當晚上爸媽捕魚回來時，敘述者（孩子）和姐姐恰好下課迎接，是一家人最高興的時刻：「載著／魚蝦回來／爸媽看到我們的迎接／露出滿足的笑容」。[19]呈顯在大海的庇護下，一家和樂團聚的美好景象。

林政華的評判體現出「忙碌的步帶嘴」的重要元素，然而最重要的意象仍為「大海」。本文也認為這三個重點清楚的顯現岩上兒童詩作的自然意象，然而為何不直接採取海洋文學來觀看岩上兒童詩，這是由於雖然大海意象為這些兒童詩的重中之重，但從環境對人的影響這個立場來看這些詩作或更為適切。這些兒童詩，以兒童的觀點或立場，不時透露出擔心大海的變化或汙染，會影響了父母的生計或景觀，頗有思索天人關係的意味，這也許和岩上長期深入風水、易經、術數有關。更重要的是，從自然的觀點來看這些兒童詩，除了更添童趣外，可能更讓人思考在下一代眼中環境裡的風吹草動的影響有多麼巨大。

三　自生活感受擷取童詩的元素

如果說「忙碌的步帶嘴」展現了西方自然寫作的精神，那麼《忙碌的布袋嘴——岩上兒童詩集》後三輯的「春天裡的麻雀」、「踢罐

---

19 本文引用均來自：岩上：《忙碌的布袋嘴——岩上兒童詩集》（臺北市：富春文化事業股份有限公司，2006年1月）。

子」、「臺語囝仔歌」則趨近於司空圖《二十四詩品・自然》的「俯拾
即是，不取諸鄰。」岩上自生活周遭拈來季節、鄉村、生活（以臺語
描繪鄉村生活），成為兒童詩的創作題材。這些部分有別於「忙碌的
步帶嘴」裡那種或隱或現帶有一些對環境的憂患意識，更多的是對於
生活環境或周遭的感悟，或許更具有一些對哲思的傾向。可以再注意
的一點是，第一輯的「忙碌的步帶嘴」為岩上於二〇〇一年冬天所創
作的三十首兒童詩，至於第二輯至第四輯的三十首兒童詩，根據岩上
的說法：「《忙碌的布袋嘴》前後作品寫作日期逾二十年」[20]，創作時
程橫跨了超過二十年之久。因此，可以想見的是，「春天裡的麻雀」、
「踢罐子」、「臺語囝仔歌」的生命感受之寬廣或深度，可能和「忙碌
的步帶嘴」有一定的距離。

　　嚴敏菁針對岩上創作的主題曾提出「生命向度的關照」[21]的說
法，當中有「物我交感」一類：「由外在的環境刺激到內心感受，物
我觀照一直是詩人寫作時常用的主題，岩上於此有大量作品。」[22]意
指物我交感這樣的寫作方式普遍出現於各類型詩人創作中，在岩上的
創作中有這種傾向的作品數量也不少。再回到司空圖《二十四詩品》
中對於「自然」風格詩的評判：「幽人空山，過雨採蘋。薄言情悟，
悠悠天鈞。」[23]於創作詩作時的感受，原本就是處在這個世界裡隨遇

20　岩上：《忙碌的布袋嘴——岩上兒童詩集》（臺北市：富春文化事業股份有限公司，
　　2006年1月），頁153。

21　嚴敏菁將岩上創作中的「生命向度的關照」分為三種類型：恆星標記、命運練習
　　曲、物我交感。詳見：嚴敏菁：《岩上及其作品主題之研究》》（嘉義縣：南華大學
　　文學系碩士論文，2007年），頁43。

22　嚴敏菁：《岩上及其作品主題之研究》（嘉義縣：南華大學文學系碩士論文，2007
　　年），頁51。

23　（唐）司空圖：《司空表聖文集》（宋蜀刻本唐人集叢刊）（上海市：上海古籍出版
　　社，2013年11月）。

而安，隨意採擷能得心應手之意象，不須刻意為之。只要透過真性情去體悟天地萬物的變化，就能獲得生命裡重要的片刻與點滴。

文學的語言藉著對世界的感性，去表現知性的世界，當中最關鍵的可能就是視覺與聽覺。聽覺所表現出來的是時間的意象，從聲音的表現可以呈現出時間的經線，形構意識的表述時間。視覺則接近於跳躍式想像的緯度，具有空間性的特質與想像，聲音是更貼近於現實的時間，具有一次性的特質。文學語言的視覺與聽覺表現，在一定意義上定位了文學作品的座標，或是特色標誌。兒童詩的視聽效果，定位了兒童詩的位置；岩上利用一次到嘉義布袋海邊的踏查，將忙碌的布袋體現於兒童詩，定位了其兒童詩的特色；岩上藉由生活裡的四季、鄉村、臺語，再次定位了兒童詩的所在，布袋的忙與碌，就在視聽效果中呈現了童趣。

並非只有人類和環境會茁壯，兒童文學本身也還在成長。因為兒童文學的邊界還在擴張，並且目前看起來只有不斷突破，沒有限縮跡象，並與我們的文學即社會發展一起成長。因此我們隨著不同兒童文學創作者的角度與展現而變化評論的基點。正如林政華意圖以海洋文學定位岩上部分的兒童詩作一般，我們循此思維，分從兩種自然論的角度，詮解岩上的兒童詩文本。

岩上兒童詩的四季描繪，自自然環境中擷取了生命的動靜，轉換成具有童趣的指涉。〈春天裡的麻雀〉裡將麻雀形容得比布袋港更為忙碌：「春天裡的麻雀是忙碌的／忙著尋找結婚的對象／追逐喜歡的伴侶」，以動態的「生命力」的意象，來展現春天的意義。〈夏天的聲音〉則利用了夏雨、蟬鳴、青蛙的呼叫等，來展示著夏天無法忍受寂寞的聒噪：「夏天／真是耐不住寂寞的人」。〈秋天的影子〉又回到視覺的描繪，利用環境變化下的葦花、白雲、林道等的逐漸變化，敘述都能看見秋天來了的跡象：「秋天真的有影子／讓我們看得到摸得

到」，有些教育的意味，似乎說明著只要用心去體會環境，就能碰觸到秋天。〈冬天的臉譜〉形容冬天是一張淒冷、淒苦、淒寂、淒白的臉，但同時也是在惡劣環境中忍耐並期待春天到來的臉譜：「冬天的臉譜／是忍耐和期待的表情」。[24]這四首兒童詩分別透過鄉間的視聽意象展示什麼是四季，即春天的生命力，夏天的聒躁，秋天的悽涼，冬天的忍耐與期待。從生活裡的四季反映出生命的生毀成滅，但不但有任何批判，也沒有社會寫實風範，唯有童言童語的想像力濫觴。

「踢罐子」這輯就帶有寫實與一些諷刺的意味了，雖然它可能不如政治詩或社會寫實詩那樣強烈。〈新稻草人〉裡有個饒富趣味的場景，當敘述者（孩子）敘述爺爺說田裡的稻草人整天平舉著雙手模樣辛苦時，敘述者（孩子）的爸爸卻如此說道：「現在的稻草人／好命呵／每次選舉以後／那些競選的旗子／都跑到稻田裡／幫稻草人換班」不知是嘲諷選舉鋪張浪費製作一次性的宣傳旗幟，或是讚賞農人「廢物」再利用，將一次性的宣傳品用來代替稻草人。〈西北雨〉裡則帶有些懷舊感，敘述者（孩子）的爺爺說過去的西北雨會掃在有著大肚魚、蝴蝶、蜻蜓等的山川，敘述者（孩子）的爸爸指著窗外說：「現在的西北雨／只有在大樓的陽臺／掃過來／掃過去」不知是感概城鄉變遷，或者只是單純的依所見寫景。[25]可以確定的是，這樣的童詩寫作以鄉村為基礎，但都沒有給予一個肯定的答案，只是拋出一個開放式的結尾。其中一個重點是，爺爺和爸爸代表的兩個世代的遞移。另一個重點則是，「敘述者（孩子）」在此中成為一個「旁觀者」，並沒有表達任何意見，只是觀看著。

---

24 本文引用均來自：岩上：《忙碌的布袋嘴——岩上兒童詩集》（臺北市：富春文化事業股份有限公司，2006年1月）。

25 本文引用均來自：岩上：《忙碌的布袋嘴——岩上兒童詩集》（臺北市：富春文化事業股份有限公司，2006年1月）。

　　岩上對於本土文化與語言原本就有所關注，更經常大量運用臺灣社會、政治、文化議題進行創作。「臺語团仔歌」運用特殊的語言標示了岩上創作的殊性，也顯示對本土文化的熱愛。「臺語」從輯名來看，大致上是重視音律可唱誦的「詩歌」。但與其說是重視聲音表現的「团仔歌」，不如說特殊之處在於如何透過文字展現「臺語」。岩上運用特殊的用字如：「喙」、「乜」、「糶」、「迌」、「迌」、「唔」、「焿.」、「佮」、等，架築了「臺語团仔歌」的兒童詩歌世界。這些臺語兒童詩歌很好的重現了鄉村兒童的生活與日常語言，例如〈騎三輪車仔〉：「三輪車仔卡穩／嘛會騎跌倒／跌倒趕緊爬起來／咱就是阿呢大漢的」。[26]運用生活語言活靈活現了鄉村兒童的生活環境，更是「俱道適往，著手成春」。

四　再定錨文學史中的岩上風格

　　過往學界與評論界論及岩上詩作，多認為具有政治批判性與社會寫實風格，本文試圖考量這個觀點，再次探索岩上的兒童詩，理解是否也著這樣的寫作模式。一方面探索岩上的兒童詩風格，以何種面向呈現在岩上的創作史中，另一方面，了解岩上的兒童詩創作展現的核心關懷。本文以《忙碌的布袋嘴──岩上兒童詩集》中的自然環境描繪為基點，由兩種自然論為切口，探討岩上兒童詩的內涵與文學定位。

　　兒童詩亦是文學史的重要成員，兒童文學是以重視兒童情境的文學語言，架構出所觀想的世界，並表達了具有豐富想像力的意識與世界觀。岩上的《忙碌的布袋嘴──岩上兒童詩集》之主要關懷，可分為兩大類，第一大類為第一輯的「忙碌的步帶嘴」，第二大類為後三

---

26 本文引用均來自：岩上：《忙碌的布袋嘴──岩上兒童詩集》（臺北市：富春文化事業股份有限公司，2006年1月）。

輯的「春天裡的麻雀」、「踢罐子」、「臺語囡仔歌」。第一輯以圍繞在
「海」的元素創作兒童詩，意識上近於西方之自然寫作，後三個以
「季節」「鄉村」、「臺語」為重點，在概念上則接近《二十四詩品》
之「俯拾即是，不取諸鄰。」綜合本文所述，岩上的兒童詩經由兩種
類型的自然論詮析，可獲知下列四個結論：

一、「忙碌的步帶嘴」關注環境變化與生活的關係，帶有悲天
　　憫人性質。
二、「春天裡的麻雀」利用生活所見，具有生命的啟發性。
三、「踢罐子」具有鄉間童趣，但結尾有呈現開放式的傾向。
四、「臺語囡仔歌」強調用字技巧，較樂天，再現鄉村兒童的
　　語言世界。

因此，岩上的兒童詩之特徵，並未如過往學界或評論界所認定的
岩上詩，政治批判性與社會寫實面的渲染在此並未有那樣深刻的展
現。更多的是藉由自然日常生活，來突顯各式各樣的人生情境與議
題。岩上在《走入童詩的世界》所言：「兒童詩存在的理由，在於重
新發現和激發兒時對生活現實世界發現的驚奇感，以及語言觸發和想
像的特質」[27]若將此觀點視為岩上創作兒童詩的詩觀，那麼尋找「驚
奇」的重要性就遠勝於批判性、諷刺性或政治議題。因此，再定錨文
學史中的岩上風格，可能就需要再增加「童趣」與「自然」等成分。
　　岩上兒童詩的主風格是在日常生活中對自然環境與周遭的觀察與
感悟，所呈顯的一種童趣，以及隨之變化的人生觀。他關懷的核心，
指出了這些在詩作中出現的焦點或意象，其實都深遠影響了「敘述者

---

27 岩上：《走入童詩的世界》（南投市：南投縣政府文化局，2015年）。

（孩子）」的想法與成長。

　　最後，儘管岩上的兒童詩，在他眾多的詩作中，數量屬於較少的文類，然而若能從兒童詩逆推回整個岩上的創作史，可能就顛覆了不少岩上詩作風格的定位。透過兒童詩裡的自然環境概念，岩上所呈現的「敘述者（孩子）」是錯綜複雜的形象脈絡，也暗示著另一個討論岩上兒童詩的全新議題。因為「敘述者（孩子）」在不同情境下，有不同的性格與形象。關於岩上兒童詩中的「敘述者（孩子）」之探討，待日後再另篇討論，將為本文之延續性研究。

引用及參考書目

一　專書

（唐）司空圖　《司空表聖文集》（宋蜀刻本唐人集叢刊）　上海市
　　　　上海古籍出版社　2013年11月

岩　上　《忙碌的布袋嘴——岩上兒童詩集》　臺北市　富春文化事
　　　　業股份有限公司　2006年1月

岩　上　《走入童詩的世界》　南投市　南投縣政府文化局　2015年

林政華　〈大器晚成的兒童少年詩人——岩上《忙碌的布袋嘴》裡的
　　　　勝景〉　收錄於趙天儀等著　《岩上作品論述第一集》　南
　　　　投市　南投縣政府文化局　2015年11月　頁328-335

二　學位論文

吳明益　《當代臺灣自然寫作研究》　桃園市　中央大學中國文學系
　　　　博士論文　2003年

嚴敏菁　《岩上及其作品主題之研究》　嘉義縣　南華大學文學系碩
　　　　士論文　2007年

附表　《忙碌的布袋嘴：岩上兒童詩集》一覽表

序	輯別	詩題	內容概述
1	第一輯 忙碌的步帶嘴	太陽回家	敘述者（孩子）在海邊玩了一整天，結束後回家，想像太陽也回家，夜裡聽到海上的太陽鼾聲。
2		出海	敘述者（孩子）在海邊看著大海風平浪靜，此時爸爸即將出海，微風告訴敘述者（孩子）晚上天氣很好。
3		到布袋吃海鮮	敘述者（孩子）到海邊吃海鮮，察覺吃海鮮時所有人都是一樣的，不分你我，不分外地人或討海人，一樣平等。
4		防波堤	敘述者（孩子）希望大海永遠是風平浪靜的，但有一天海浪越過了防坡堤，嚇得敘述者（孩子）奮力逃跑。
5		防風林	敘述者（孩子）喜歡防風林的種種美景，但因為海風的侵襲，使得防風林的樹枯死了很多，並且進行了消波塊工程，原本的美景變成了塵土飛揚的景色。
6		招潮蟹	描繪招潮蟹可以逃避海浪的來襲，卻無法躲避孩子們的來襲。
7		招潮蟹跑得快	回廟逃過孩子們來襲的招潮蟹，在海浪掩蓋洞穴又退潮之後，在沙灘上尋覓食物。
8		爸爸在海上捕魚	描繪敘述者（孩子）的爸爸在海上捕魚的情況，包括爸爸搜尋魚群、迅速捕魚、聽廣播與發現魚又來了等情景。
9		取投與去回之	描繪敘述者（孩子）的媽媽俐落的處理

序	輯別	詩題	內容概述
		間	蚵,及敘述者(孩子)的爸爸搭乘塑膠筏至蚵棚的情景。
10		爸爸的船隻	描繪敘述者(孩子)在海邊看到許多船隻返回,期待爸爸歸來。
11		紅樹林	描繪敘述者(孩子)在紅樹林對魚和海茄冬充滿好奇心的樣子
12		浪花	描述敘述者(孩子)看見浪花的想像,以及伸手摘浪花的虛象。
13		海泳	描繪敘述者(孩子)的爸爸是游泳高手,以及敘述者(孩子)自己從爸爸身上學會游泳,並且游泳不超過界線。
14		海鷗捕食	描繪敘述者(孩子)看見海鷗努力飛翔避冬與奮力捕食的情景。
15		高興的時刻	敘述者(孩子)自述每天早上爸媽出門捕魚時,自己和姊姊出門上學;爸媽捕魚回來時,剛好敘述者(孩子)和姐姐下課迎接,是一家人最高興的時刻。
16		海的夢	敘述者(孩子)想像自己是一條魚,帶著所有的魚群,前往一個沒有捕殺也沒有污染之處。
17		漁舟	描繪漁筏靜靜躺在海上,大海是財富,漁夫捕捉寶藏。
18		踏浪	描繪自己踏浪的遊戲與喜悅。
19		養蚵	敘述者(孩子)描寫爸爸養蚵與等對收成,以及期待大海風平浪靜、沒有汙染。
20		鹽丘與皮膚	描繪曬鹽者大太陽底下越曬越黑,鹽巴卻越曬越白。

序	輯別	詩題	內容概述
21		撿貝殼	敘述者（孩子）回想小時候自己撿貝殼常被刮傷，以及撿過許多漂亮的貝殼，現在都沒有貝殼了，只好撿石頭當紀念。
22		忙碌的布袋嘴	描繪布袋港像張大嘴咬住陸地，整天忙碌著魚蝦蟹的捕捉回航、魚貨買賣、饕客覓食等。
23		颱風的日子	敘述者（孩子）描繪颱風天港口像母雞，船隻像小雞依偎在母雞身邊；自己也陪伴在父母身邊，然而父母因無法捕魚而煩惱。
24		魚兒上網	描述漁夫捕魚的時機與情景。
25		夜間出港	描繪漁船在夜間出發，及自己在睡夢中跟著船移到另一個夢鄉。
26		星星與漁船的燈光	描繪敘述者（孩子）想著爸爸的漁船在大海上發亮時的孤寂。
27		隱形的鹽工	描繪敘述者（孩子）的鹽工爸爸，因賣力工作曬黑而隱形了。
28		起伏的日子	描繪敘述者（孩子）的爸爸養蚵時在海上起起伏伏，當風雨來時就只能在家中嘆息，自述一家人的日子也是起起伏伏。
29		拉線	敘述者（孩子）描繪自己在海邊放風箏，放出去的線很輕鬆；爸爸在海邊撒魚網，放出去的線很沉重。
30		蚵仔寮	描寫敘述者（孩子）一家人的剝蚵生活，生活就在蚵殼與蚵肉的軟硬之間度過。

序	輯別	詩題	內容概述
31	第二輯 春天裡的麻雀	春天裡的麻雀	描寫春天裡的麻雀，忙著找夥伴、找結婚對象、打架和照顧小麻雀，非常忙碌而幸福。
32		夏天的聲音	敘述夏天是耐不住寂寞的人，蟬青蛙、西北雨、大河都發出了吵雜的聲響。
33		秋天的影子	描繪蘆葦花、白雲、林道都能看見秋天來了的跡象，都是秋天的影子。
34		冬天的臉譜	形容冬天的臉即使是淒冷、淒苦、淒寂、淒白的；也是持續忍耐，以期待春天到來的臉譜。
35		荷花的抱怨	描繪荷花抱怨從前的夏天，有著小魚、泥鰍、螢火蟲、青蛙、蜻蜓，現在卻都不見蹤影了。
36		象的童年	敘述大象過世後很多人來憑弔，大人哀弔過去，小孩哀弔現在；小孩哀弔童年沒有叢林與戲水，大象的童年都有。
37		螢火蟲	描述螢火蟲飛進黑夜而看不見螢火蟲，卻能從牠尾巴的光看見了希望與童話的夢。
38		河要喝水	將自己想像成河川，夏天的雨水太多喝了快撐破肚皮，冬天的水太少讓肚子乾扁，只有春天讓人唱出甜美歌聲。
39		寄居蟹	想想自己是寄居蟹，不用付房租也不用搭帳篷，更憐憫沒有房子的人，但沒人問過揹房的辛勞。
40		鸚鵡和我	想像自己和鸚鵡一樣，都被限制了住處和自由。

序	輯別	詩題	內容概述
41	第三輯 踢罐子	踢罐子	簡單描繪孩子們踢罐子的情景，踢出彼此的歡樂與叫罵，直到將太陽踢到屋角下。
42		新稻草人	描述從前的稻草人十分辛苦，都在田中整日平舉雙手；現在選舉過後，選舉旗幟成為新的稻草人，取代了傳統稻草人的辛勞。
43		攀爬	描繪描繪敘述者（孩子）在爸爸身上攀爬，之後哼出了童詩'弘化、童謠，將爸爸當成一個童話的棲息地。
44		稻草人	描繪麻雀在稻草人頭上身上玩弄，稻草人便張開雙手嚇麻雀。
45		西北雨	描繪敘述者（孩子）轉述爺爺說，過去西北雨會掃在有大肚魚、蝴蝶、蜻蜓的山川，爸爸說現在只在陽臺掃來掃去。
46		排路隊	描繪敘述者（孩子）的爸爸小時回家時，後面跟著一排白鷺鷥一起回家；現在小孩回家由家長接送，白鷺鷥只能各自回家。
47		平安符	敘述者描繪從前都會跟著奶奶參加進香團，後沒去之後會獲得奶奶參香後的供品；敘述者（孩子）胸口的香火袋是奶奶進香求來的，最近卻因敘述者感受到胸口有所變化而想取下，但又因想起奶奶而捨不得。
48		兩隻鴿子	描繪敘述者（孩子）與哥哥的對話，兩人一起看見白鴿與黑鴿在一起，想起美國從前白人跟黑人不能在一起，鴿子是和平使者，所以沒有這個問題。

序	輯別	詩題	內容概述
49		為了做乖兒子	描繪敘述者（孩子）為了做乖兒子，事事都給聽話，像隻被牽著走路的小狗。
50		腳踏車	描繪敘述者（孩子）和弟弟之間的對話。敘述者（孩子）騎上已經不騎的三輪腳踏車不慎跌倒遭受弟弟取笑，敘述者（孩子）反嘲這是他不要騎的，弟弟表明媽媽說這是全新的腳踏車。
51		山與海	敘述者（孩子）轉述爸爸說太極拳的步伐是山崗，媽媽說鋼琴的黑白鍵間是深不可測的海洋；有天全家一起郊遊，敘述者（孩子）似乎領悟了爬山用腳及聽海用耳的寓意。
52	第四輯 臺語囡仔歌	流浪狗	描繪流浪狗沒有人養而到處放肆的樣子，但碰上了大狗仍然逃之夭夭。
53		食檳榔	描繪吃檳榔的負面形象，並質問檳榔若好吃，為何還需要吐掉。
54		唔驚熱天	描繪在酷暑時，利用水沖去全身的熱氣，如魚得水般爽快。
55		食蜿公	描寫目擊有人吃大碗公的情景。
56		大鏢客	描寫敘述者（孩子）手持玩具槍，期許自己長大對付歹人。
57		彩色的希望	描寫敘述者（孩子）無趣時找到一個罐子，內裝少許漆料，期待自己未來可以漆上彩色。
58		搶鏡頭	描繪拍照時搶鏡頭的趣味情景。
59		騎三輪車仔	描繪大人和小孩騎腳踏車的差異，即使三輪車較穩仍會跌倒，但我們就是這樣長大的。

序	輯別	詩題	內容概述
60		我等汝	描寫敘述者（孩子）在鐵路旁等待，火車不來，只等著去看戲。

意在筆先

——《岩上八行詩》與其英文翻譯之研究

陳徵蔚

健行科技大學應用外語學系副教授

摘要

　　詩的解讀具有多重意義，但是當作品被翻譯時，原本靈活的語言詮釋就會被「固定」下來。翻譯詩更加困難的地方，不只在於意義模糊，同時也在於詩的「形式」幾乎不可能移植。本論文以岩上《岩上八行詩》及其英文翻譯為觀察對象，在分析岩上《岩上八行詩》時，也將採取較為「文化研究」的作法，探討中文與英文之間的語言差異，對於翻譯所產生的影響，藉以理解在「意義」與「形式」跨越語言的過程中，可能面臨的挑戰與解決之道。

關鍵詞：岩上、譯詩、詩譯

一　譯詩之難

維拉莫維茨（Ulrich von Willamowitz-Moelendorff）認為翻譯是種「精神傳遞」。按照他的比喻，翻譯就像「衣服必換新，內容卻維持不變。每個正確的翻譯都是一場變裝。更精確地說，靈魂不變，但轉換了肉身。真正的翻譯就是靈魂轉世[1]」（Stern 144）。這樣的論述頗具啟發，然而卻失之概略，特別是「衣服」與「肉身」屬於翻譯的不同層次，不宜等同。在翻譯過程中，並非單純僅是「靈魂」（意義）轉換進入不同「肉身」（語言）而已，同時也須兼顧「衣服」（形式）。「意義」如靈魂，必須被精確忠實從來源語（source language）轉換到目標語（target language）。當語言轉換時，儘管語言特性不同，翻譯者也經常會嘗試保留「形式」，盡量貼近原作的「詩體」，即使很難保有原本語言的聲韻、格律，但至少在原文與譯文的「行數」上一致。這彷彿是靈魂在轉換肉身後依舊保有記憶，仍然會穿著風格相近的衣服。因此，研究詩的翻譯便不得不評估翻譯者如何在「意義」、「語言」、「形式」三個方面尋求適當的平衡。

譯詩的困難處，首先在於意義的精確傳達。當然，翻譯時兼顧「信」是首要挑戰；然而，譯詩又比翻譯一般文體更困難，因為詩句的內容更加晦澀多元。詩倘若寫得太過淺白，便失去了若隱若現的含蓄。詩句的意義總是較一般文體更加開放、滑動，詩人甚至會刻意運用語言的歧異性，製造意義的模糊，讓解讀變得「眾聲喧嘩」（heteroglossia）。故此，郭紹虞認為詩乃「空中之音，相中之色，水中之月，鏡中之象，言有盡而意無窮」。而這樣的意義變化，勢必提

---

[1] "The clothing must become new, its content remain the same. Every correct translation is a change of costume. Speaking more pointedly, the soul remains but the body changes: the true translation is metempsychosis."

高翻譯的困難度。只要翻譯者對文本的理解不同，翻譯出來的意義就會產生差異。例如，林文月教授在分析古典詩的主詞省略時，便曾以陶淵明名句「悠然見南山」，說明意義可能產生的歧異。按照一般人的理解，這句是指詩人在東籬採菊之際，閒適寧靜地看見了南山；然而，由於古語「見」通「現」，同樣的句子也可解讀為「悠然現南山」，此時不是詩人主動看見南山，而是被動發現南山出現於眼前（27-29）。主動與被動的表達非但在意境上有所差異，翻譯時的主詞使用也會有所不同。

詩的解讀具有多重意義，但是當作品被翻譯時，原本靈活的語言詮釋就會被「固定」下來。畢竟翻譯本身就是一種「詮釋」，因此一首具有多重意義的詩，可能在被翻譯後被「固定」，甚至被「僵化」。翻譯一篇科學或法律文件需要明確表達意義，因此「固定」是件好事，才不至於產生誤解；但是在翻譯詩的時候卻未必如此。如果原文可以啟發想像，那麼譯文也應該要能夠容許多元詮釋。弗萊爾（Kimon Friar）在〈論翻譯〉中，舉自己將希臘詩翻譯為英文的經驗，說明翻譯詩的困境：許多希臘讀者說，他們在讀希臘文原作時，無法理解詩的意義；但是當閱讀弗萊爾的英文翻譯，反而覺得很容易理解。雖然翻譯的目標就是在明確傳達原文的意義，但弗萊爾卻檢討自己「是不是犯了什麼錯誤」。他認為，詩人透過文字來包裝（或是隱藏）意義，是一種創作技法。一首好的詩，往往要能夠呈現語言的豐富度與多元性，讓不同的讀者能夠詮釋出迥異的意義。當翻譯者閱讀、理解、轉譯的過程中，很可能將詩句原本所富含的多重意義抹煞，在譯文中僅呈現單一詮釋，這對於詩本身而言，並不是一件好事。如果翻譯得不清楚，譯者很可能會飽受批評。但是如果翻譯得太清楚，卻又似乎將詩人剝得一絲不掛，赤裸裸地呈現意義，也會失之露骨。詩的翻譯，幾乎可以說是在「顯」與「隱」之間分寸的巧妙拿

捏，而這個分寸異常困難。也難怪王達金、饒曉寧在〈詩歌翻譯與藝術意境〉中感嘆：「詩歌的翻譯被稱為一種遺憾的藝術」（59）。

翻譯詩更加困難的地方，不只在於意義模糊，同時也在於詩的「形式」幾乎不可能移植。由於語言的差異，原本來源語詩中的文字美感極難被傳達。中國古典詩中的絕句、律詩形式難以用英文表現；而英文的十四行詩、甚至是無韻詩，也很難用中文傳達。此外，例如押韻的模式、音韻、格律等，也因為語言的扞格而有所差異。鳩摩羅什在將梵文佛經翻譯為中文時便發現這種只能傳達意義，卻無法保有原文美感的困境：「改梵為秦，失之藻蔚，雖得大意，殊隔文體」。因此，詩的翻譯首先只能追求「神似」，也就是意義上的接近，極難達到「形似」，更遑論可以「形神兼備」。而這種在翻譯上取「神」捨「形」的抉擇，正呈現出了奈達所謂的「動態對等」的選擇，也就是在翻譯的過程中，意義完整傳達是第一要務，其次才是追求形式的雷同。如果過度追求形式對應，很容易抹煞原文的意義。他認為「所謂翻譯，是在譯語中用最貼近又最自然的對等與再現源語的信息，首先是意義，其次是文體」（王達金 58）。正是因為這樣的挑戰，「譯者猶如是一個帶著腳鐐的舞蹈家，要在舞臺上做出讓導演（詩人）和觀眾（讀者）雙方都滿意的表演，實在太難」（王達金 59）。

無論翻譯詩的困難度有多高，仍然有不少翻譯者嘗試，明知不可為而為之。莊柔玉在〈對等與差異—解構詩歌翻譯的界限〉一文中，引用默溫（W. S. Merwin）的說法：「我依然相信，雖然我不懂怎樣翻譯，但又有誰懂？這是不可能卻又必要的步驟，沒有完美的處理手法，但盡可能為每一首詩找辦法」（216）。莊舉伏爾泰所謂「詩不可能被翻譯」以及福斯特「詩是翻譯中失掉的東西」等論點，認為「『詩不可譯，但仍要譯』的想法背後，其實是一種以原詩為主、譯詩為次的思維方式。譯評家關注的是譯作失去了多少，而不是它令原

詩生色了多少……這種規範性的研究進路，使譯詩者永遠立於必敗之地」（216）。

　　莊柔玉的論文提醒了翻譯研究者一個非常重要的觀念：評價一首詩的翻譯，不該只是苛責翻譯者「失去」了多少，犯了多少錯誤，而是應該評估翻譯本身的目的，檢視這個翻譯是否成功達到了目標。莊柔玉因而提出了「譯詩的五種可能性」：重現訊息、文學評賞、文學創作、文化研究、語言解構。唯有了解翻譯者的意圖，方能評估翻譯的成效。正如同許淵沖認為「譯者一也（identification），譯者藝也（recreation）、譯者異也（innovation）、譯者依也（imitation）、譯者怡也（recreation）、譯者易也（rendition）」（275-316），翻譯有不同動機，只要譯文最終能夠達到翻譯的原始目標，那就是值得肯定的翻譯。

　　評估翻譯，並非僅僅探討譯文是否完美表達原文的意義。班雅民（Walter Benjamin）也認為，翻譯只能不斷「逼近」近原作，但是再怎麼近，與原作之間畢竟存在著距離。因此，翻譯並非「切入」作品，解剖意義，而只能與原本的作品「擦邊」而過。班雅民說，原作與翻譯之間的關係，就像「圓」與「切線」（tangent），不同版本的翻譯，都以一個「切點」輕輕接觸原作，但卻因為語言的隔閡，無法完全「切入」作品中（261）。換句話說，作品自成意義系統，譯者並非以自己的主觀理解來干擾、攪亂這個系統，而是透過一個「切點」來趨近作品。同一個圓可以擁有無數角度的切線，正如同一個原作可以擁有不同版本、不同詮釋角度的翻譯。原作與翻譯並非毫無交會的平行線，也不是彼此交叉；翻譯如同切線，以原文作品為圓心，無數切線以不同角度輕觸圓周卻不切入圓內。即使如此，翻譯也不是無限上綱的主觀詮釋，仍然要與原作品保持「輕觸」。這個「輕觸」是門大學問，既要相互關涉，又得各自獨立，而無數切線所形成的輪廓，正是作品的外緣，如同光暈般映照原作。班雅民認為「真正的翻譯是透

明的；它不會遮掩原作，不會障蔽原作的光芒，卻能讓純粹的語言在
受到其媒介的強化下，更加照亮原作」（260）。

　　譯詩難度如此之高，因此實在應該給予詩的翻譯者合理的寬容，
而不是一味尋找譯者的錯誤而已。正如莊柔玉分析：「以文化研究角
度出發的詩評家，側重的既不是譯詩在傳遞原文訊息上的準確度，也
不是譯作的文學價值，亦不是文學移植的得失；研究的焦點是通過原
詩譯詩的差異，探究譯者面對的制約與規範」。因此，本論文在分析
岩上《岩上八行詩》時，也將採取較為「文化研究」的作法，探討中
文與英文之間的語言差異，對於翻譯所產生的影響，藉以理解在「意
義」與「形式」跨越語言的過程中，可能面臨的挑戰與解決之道。

二　詩的語言與形式

　　在《岩上八行詩》序中，詩人明白點出了詩的「語言」與「形
式」的重要性。他強調，「詩是有意識導向的思維」（1）。詩的聯想需
要靠語言，而語言在社會架構之下，自然衍生出如克莉絲提娃（Julia
Kristeva）所印證的「互文」（intertextuality）架構，詩人的創作，除
了受到個人經驗、社會文化影響，同時也必須在複雜的語言架構下運
作，在「個人」、「社會」與「文化」三者所構成的立體空間中建構創
作。

　　在這樣的「互文」立體空間中，「詩通過語言的使用在矛盾的空
間裡掙扎而後妥協完成」。愛爾蘭詩人葉慈（W. B. Yeats）認為，「與
人爭辯，乃有修辭。與自己爭辯，便出現了詩」。語言在文法、構句
的層疊之下，形成了邏輯系統；然而卻在詩人的解構、重組後，從舊
有的灰燼中提煉出全新的詩意。英國詩人柯律芝（Samuel Taylor
Coleridge）在《文學自傳》（*Biographia Literaria*）中分析詩的想像力

時，便將「重組」視為重要的創作動能。這種「重組」在後來的解構主義中被發揚光大，語言不再是內容固定的建構物，而是在拆解結構後，意義不斷遷延改變的生命體。意義，會在形式不斷被切割、解體、重組後，產生嶄新的詮釋。

岩上特別在序中強調，「詩沒有永遠不變的形式，但詩如果不能在形式上凝定，它將成為游離的狀態；而凝定如果太固定也會失去詩的飛躍性」，因此他認為「在不變中求變，在變中求不變，是凝定風格的方法」。詩人在序中所強調的「形式」在《岩上八行詩》這本詩集中，具體的表現在每首八行的詩體中。這樣的詩體，究竟有什麼特別的意涵呢？這或許可以從王灝〈試說岩上八行詩中的形式意義〉中稍見端倪：「他的這些詩中所傳達的諸種生命思考，似乎有意無意間也有一種對命理的探索與思考。不管是太極拳或是命理學，我們都可以把它們回歸到太極兩儀，八卦及易經的哲學圖騰、哲學義理中去印證解讀」。

王灝的觀察，的確有其所本。岩上自一九七四年研習太極，並且長年浸淫於堪輿命理，因此《岩上八行詩》的形式亦深有《易經》之風。詩以八行為數，隱喻八卦，且卦中有爻，可拆解組合，「單卦」與「重卦」之間形成意義，生生不息，正符合詩人前述「在不變中求變，在變中求不變」，以及兼顧「游離」與「寧定」的觀念。因此，詩人採取「八行詩」的形式，不僅內容描繪人生百態，形式同樣上應天象，下陳人情。每首詩題皆僅一字，二行一段，四段成詩，每詩八行，通書六十四篇，不免令人聯想《老子》書中「道生一，一生二」，以及《周易》所記載「易有大恒（太極），是生兩儀。兩儀生四象，四象生八卦」，而八卦相重，成十六之數，正好是每頁目錄所收的詩作數量，十六再乘以四，則產生六十四卦。

岩上不斷強調「語言與形式」的重要性，但卻沒有很明確的點出

這個「形式」所含的意義為何，故而容許更多元、開放的想像。從詩人的經歷解讀，可以發現「八行詩」之產生明顯與《周易》有關聯，然而這詩究竟與哪一個卦象有關，卻也並沒有明顯的連結。因此在《岩上八行詩》的翻譯中，似乎並沒有特意將陰陽五行的觀念置入其中，甚至有些譯文因單行長度超過版面，一行折成兩行，八行詩於是成為九行。然而基本上，這本書的英文翻譯在於「意義」傳達上，盡到了非常明確的貢獻。

然而，在翻譯的作品中，仍然存在著一些值得思考的問題，包括因原作品主詞意義開放而可能產生的延義，進而產生的文法、語意與構句問題，中英文化差異所可能產生的翻譯縫隙，以及翻譯者自行詮釋而添加的內容對於作品意義的影響。針對這些議題，本文將逐一探討。

三 《岩上八行詩》的英文翻譯

岩上在寫八行詩時，似乎經常將自己與描寫對象等同，此時在閱讀、翻譯上就相對單純。例如本書的第一首詩〈樹〉，雖然主詞「我」遲至第六行才出現，但是卻非常明白，詩人將自己化身為樹，也因此在翻譯上相對能夠精確掌握主詞：

上身給了天空	Give the upper body to the sky
下體給了大地	Give the bottom body to the earth
風風雨雨	Windy and rainy
朝朝夕夕	Days and nights

往兩頭伸延抓緊　　　　　Extend to both ends and hold tightly
而我在哪裡？　　　　　　Where am I?

春夏的蒼綠　　　　　　　Lively green during the spring and summer
秋冬的枯白　　　　　　　Depressed white during the fall and winter

　　然而，如本文前述，中文詩經常有主詞不明的情形。這樣的模糊有時候在作品賞析時可以產生更多的火花，有時候卻會令翻譯產生困擾，在中譯英的過程中也就容易產生問題。例如在〈路〉這首詩中，就至少出現了兩個關鍵主詞，一個是走路的「人」（或「人們」），一個是「路」。從上下文推測，前兩行的主詞應該是「人」，而三、四行的主詞則是「路」。正是由於這樣的主詞差異，造成了翻譯上的意義完全不一樣。也就是說，在英文翻譯中，走路、將鞋穿破的不是「人」，而是「路」：

走過一條又一條的路　　　Walk through one after the other road
走破一雙又一雙的鞋　　　Wear out one after the other pair of shoes

路從天邊來　　　　　　　Roads come from the skyline
路向海角去　　　　　　　Roads extend to seaside

阡陌交錯的路　　　　　　Vast and crossing roads
來來往往過路的人　　　　People coming and going through various roads

有多少人能走出自己的路　How many people can find their way?
路令人迷路　　　　　　　Roads make people lost.

　　在英文的文法中，有一個關鍵概念，也是在英文寫作中千萬不能夠犯下的錯誤，叫做「虛懸分詞」（dangling phrase），這是主要子句與從屬子句間主詞的混淆因而造成意義的錯誤。舉例來說，中文句子裡「看電視時，電話響了」聽來很正常，但是如果照樣寫成英文 Watching TV, the telephone rang. 那麼意思就會變成「當電話在看電視時，它（電視）自己響了起來」。又或者是「將餌放到魚鉤後，魚就開始咬餌了」，如果寫成 Putting the bait on the hook, the fish began to bite it. 那麼意思就會變成，魚自己放餌，然後魚自己咬餌。會造成這個現象的原因，是由於從屬子句的主詞與主要子句不一致。因此解決之道，是將兩個子句的主詞統一即可。例如，將第一個句子改寫成 Watching TV, we heard the telephone ringing. 前後主詞都是「我們」，問題就解決了。同樣的，第二句改寫為 Putting the bait on the hook, the man felt the fish biting. 男人放餌，男人感覺到魚咬餌，前後主詞一致，意義就明確了。

　　回到〈路〉這首詩來看，雖然前兩句並沒有使用「現在分詞」（即動詞 Ving），但是從英文的語意上閱讀，卻很明顯出現了「虛懸」的狀態，在語句中無法明確表達主詞為何。此外，英文題目是單數的 Road，翻譯文章中卻是複數的 roads，同樣造成混淆。美國詩人佛斯特（Robert Frost）有首名詩「未擇之路」（The Road Not Taken），他使用定冠詞 the 是有道理的，因為他在詩中講到了分叉成了兩條，選擇其中一條，另外一條路就是限定的、非常確切的 the road，而不是複數的 roads。在英文中，泛指一個可數名詞，可以用複數不加冠詞，也可以用不定冠詞加單數名詞代替全體。例如愛德華湯瑪士（Edward Thomas）的詩〈路〉（Roads）就是以複數為名，泛指所有的道路。因為這樣的主詞與單複數混淆，造成第一詩段中 one after the other road 的問題，因為這樣寫的話，路只有兩條：one 以及

the other。一般而言，在英文的表達上，會用 one road after the other
（another 亦可）以及 one pair of shoes after the other（或 another）表
示，這樣就可以形成「一個接一個」或「接二連三」的意義，也就不
會造成意義混淆了。

其次，在〈床〉這首詩中，出現了下面這個句子：

　　睡了三分之二的人生　　Sleep one third of human lives
　　床仍然天天要你愛睏　　Beds still want you to be sleepy each day

很短的兩個句子，但是翻譯時卻出現了兩個主詞：「床」以及
「你」。問題來了，是誰在第一句中「睡了三分之二的人生」呢？很
明顯的，是「你」而不是「床」才對。然而，在中文裡毫無問題的意
義，到了英文翻譯中卻有著明顯的「虛懸」混淆，由於第二句的主詞
是「床」，因此睡覺的變成了「床」。但是床怎麼會睡覺呢！？該要怎
麼解決這樣的問題呢？有時只好在中譯英的過程中適度的修正主詞，
將語意變成「睡了三分之二的人生／你在床上仍然感到愛睏」
（Sleeping one third of human life / You still feel sleepy in bed each
day.），此時前後子句的主詞都是「你」（包括句首的現在分詞構句）
這類問題就可以解決了。

原作者語意如此，但在翻譯時由譯者添加相關詞彙，以符合語
意，或是令文法清晰，這是否可以接受呢？事實上，這是翻譯技法中
的一種。例如在〈墓〉這首詩裡，就出現了譯者試圖詮釋詩句，而讓
語句更清晰的嘗試：

　　人人都想繼續往前走　　We all desire to continue our journey
　　到這裡卻不得不停留　　Yet we have to stay when we reach our graves

生的倒下　　　　　　Living people have fallen

死的豎起　　　　　　Dead people have been placed upright

倒下的軀體沒有姓名　Dead bodies have no name

豎起的石碑有字號　　Standing grave stones have identification

大家通通僵在這裡　　Here is the place we all come to a standstill

沒有一個例外　　　　There is no exception

首先，原詩開頭兩句的主詞「人人」被改譯為「我們」（we），這是合理的轉化，畢竟我們每一個人都要經歷生老病死。其次，第二句的添加詮釋就比較微妙了。原文中僅提到「這裡」，當然按照語意推測，「這裡」就是「墓」，所以英文翻譯的意思就被補充為「我們的墳墓」（our graves）。當然，這與詩中的意義是吻合的，只是必須再思考的是，詩人在句子中使用「這裡」而不是直接了當地說「到了墳墓卻不得不停留」，似乎正是詩的婉轉，當然譯者可以添加詮釋，只是這樣的詮釋是否適當，卻可能需要再加商榷。

　　另外一句翻譯，就更引人思考了。「生的倒下／死的豎起」，簡單的八個字，但卻不得不令人細想，「死的」指的是什麼呢？是「死去的人」，或者是「死後的墓碑」？生的倒下，可以理解，但是「死去的人被豎起」，這樣的語意是不是有一點兒奇怪？按照英文直接翻譯，寫成 Dead people have been placed upright.（「死去的人被豎起」），被添加了「人」（people）之後，似乎意義就有些不倫不類了（除非這是「直立葬」）。其實，這句不妨改為 The dead have been placed upright。The dead 也有「死的」的意思，但是涵義較為模糊，較能涵蓋「墓碑被豎起」的概念。

　　翻譯者在語言轉換的過程中，按照語意更改字序、添加意義，以便讓翻譯內容更加精確，這是可以理解的策略。只是當然，這樣的努力有時候會因為百密一疏而產生遺憾。例如〈橋〉的前兩句，「來匆匆／去淙淙」，前兩字「匆匆」是流水不舍晝夜流逝的情境，但後兩字「淙淙」卻是水聲，一種「清泉石上流」的意象。在譯文中，這句話被翻為 Come hastily／Leave swiftly（來匆匆，去匆匆），這明顯就是誤譯了。其實「淙淙」這個流水聲，有個英文動詞 gurgle 意義接近，即「淙淙」、「潺潺」或「汩汩」之義。因此，若這兩句改為 Come hastily／Gurgle away 或許好些。當然，這樣的翻譯方式會將原本「淙淙」這個形容詞變成動詞，同時「去」變成了「遠離」（away），字序也有了改變。但是在兼顧原文意義的前提下，或許這是一種權宜的作法。

　　在〈水〉中，有兩個值得翻譯者思考的地方。原文第一句「無所謂生，無所謂死」這兩句中的「無所謂」，究竟意思是「沒關係」、「不要緊」，或是「沒有所謂的……」？在此，譯文採用 Does not matter life; does not matter death，意思被限定為「生不要緊，死沒關係」；然而我在閱讀這首詩的時候，卻隱約感覺文義很有可能是「生的意義難界定，死的範疇亦未明確」，意思較為接近「沒有所謂的生，也沒有所謂的死」（There's no such thing as life, nor is there death.）。從「無所謂」這個詞彙在英文翻譯中的變異，便可以發現中文詩句多重詮釋的可能，以及英譯如何將意義「固定」下來，而不同的解讀，將賦予原文不一樣的理解方式。

　　此外，第二句「不斷易變是千古不變的宿命」譯文為 The endless change is the fixed destination since the ancient time. 然而，其實「宿命」應該是 destiny 而不是 destination（終點），譯者的選字，似乎是一時不查的疏漏。然而，從另外一個角度觀察，其實 destiny（宿命）

與 destination（終點）兩者都源自於同一個拉丁文字根 destinare，意思是「確認、建立」。宿命是早就「註定」的，因而以這個字根創字。而終點也是確定的目標，倘若以此作為隱喻，其實人生的宿命，就是彼此奔赴各自的終點，故而在解讀上，或許 destination 的翻譯，更能引人深思。

最後，在翻譯時，對於具有文化特色的用語，直接翻譯可能會造成疑惑，因此是否適當，值得進一步推敲。例如〈床〉中有一句中文常用成語「床頭打（吵）床尾和」。這句話的意思在於，夫妻緣分可貴，因此即使在夜晚睡覺時與枕邊人爭吵，第二天起床時也該彼此體諒和解。床頭，指的是夜晚睡覺的枕；而床尾，則是清晨醒來的所在。「床頭」與「床尾」其實是一種「借代」（synecdoche）修辭法，以床的定部位，來象徵「睡覺」與「起床」兩個整體。如此說來，當翻譯者將這句話翻為 Fights break out at the heads of the beds but cease at the end of the beds 似乎過於直譯，對於中文成語不熟悉的讀者，可能會一頭霧水。因此，實際上在翻譯的時候，真正的意思其實應該是 Quarrels between couples at night may soon be mended in the morning（晚上夫妻間的爭吵應該很快在早上被撫平）。在英文中有個詞彙叫做「補償性愛」（makeup sex），也就是在情侶爭吵後，決定和好時所進行的親密行為。這樣的詞彙，在中文是不太會出現的，然而卻是不同文化背景下伴侶間「和好」的方式。中文的語句是含蓄的，而英文則淺白直接。然而無論如何，都是對於兩人緣份之間的重視與珍惜。即使伴侶間能夠和好，如同詩人觀察「兩性的戰爭永遠不會停止」。這個戰爭，是彼此意見相左時的「權力競爭」？抑或是發生在床第之間的翻雲覆雨？這或許又要讓翻譯者傷透腦筋了。

另外一首明顯具有文化意涵的詩，是〈風〉中「南風溫暖薰得人茫茫醉醉」，這句詩明顯得力於宋朝林升〈提臨安邸〉的詩句：「山外

青山樓外樓，西湖歌舞幾時休？暖風薰得遊人醉，直把杭州當汴州」，其中諷刺南宋政權偏安一方，貪戀安逸而忘卻收復國土的意境十分明確。而接下來的「東風吹來／你想借什麼」，則是「鞠躬盡瘁，死而後已」的諸葛孔明借東風的典故。這兩個詩段加起來，似乎映照著臺灣政府偏安一方，完全放棄「反攻大陸」與「毋忘在莒」精神的政治現況，頗有暗諷意味。

　　不瞭解文化背景的外國讀者，可能很難理解南風為何令人「醉」，為什麼東風需要「借」？因此譯文 South wind is warm and the warmth makes people feel drunk 以及 East wind is blowing / What do you want to borrow? 看來理所當然，卻其實很難真正傳達字面意義背後的引申含意。此時，翻譯者的註解，特別是針對原文中的文化意涵進行解釋，就成為了幫助讀者的重要指引。

　　在希臘神話中，四方風神各有其名。西風是 Zephyr，北風 Boreas，南風 Notus，東風 Eurus。原文的「風」充滿了文化意味，因此是否要用同樣具有文化意味的風神名稱，來代替不同方向的風呢？這其實見仁見智。持正面意見的翻譯者認為文化轉譯時，應該同時將來源語的文化語境，轉換為目標語中。例如中文的「牛飲」英文可能是 drink like a fish（如魚一般的喝）、「如魚得水」是 like a duck to water（如鴨得水），「一箭之遙」為 at a stone's throw（丟顆石頭的距離）。如果直接將這些中文翻譯為英文，而不去更動其中的比喻意象，則非常有可能令閱讀者感到丈二金剛。持反對意見者認為，原文的意象在詩中如果具有特殊意義，輕易轉換意象可能破壞詩的整體感，此時直譯雖然可能引起迷惑，但是在讀者深入思考後，卻可以啟發更多的想像。從這個角度來看，直接翻譯也有其優點，端看翻譯者想要呈現的意義是什麼。

四 結語

　　譯詩的難度之高，超乎想像。而翻譯詩，往往也是「再創作」的過程。余光中認為：「翻譯，也是一種創作，一種『有限的創作』。譯者不必兼為作家，但是心中不能不瞭然於創作的某些原理，手中也不能沒有一枝作家的筆」（莊柔玉133）。譯詩是詮釋，同時也是創作，在融入兩種語言之間的文化同時，將詩人的靈魂注入新的語言之中。

　　在翻譯的過程當中，來源語（原文）語目標語（譯文）的差異始終存在，而在求同存異的前提之下，翻譯因而產生。布朗紹（Maurice Blanchot）說：「翻譯總得涉及差異，也掩飾差異，同時又偶爾顯露差異，甚至經常突出差異。這樣，翻譯本身就是這差異的活命化身」（Venuti 13），也因此，在本文中所提出的翻譯差異，其實也都是值得思考，並且可供討論的部分。它們並非錯誤，而是在差異中，產生詮釋的開放可能。

　　事實上「就譯文讀者來說，沒有翻譯，原本的詩根本不存在」（Gentzler 145），因此只有譯文，才能賦予原詩生命。故此，每一個版本的翻譯，都是彌足珍貴且值得被尊重的。當譯者翻譯作品時，其中所投注的精力，時不足為外人道也。一部好的作品，唯有在翻譯為另外一種語言之後，方有「轉世」後全新的生命，也因此都應該在平等的基礎上，被尊重，並且被理解。

引用及參考書目

Benjamin, Walter. "The Task of the Translator."

Friar, Kimon. "On Translation." *Comparative Literature Studies*, *Vol. 8, No. 3*. Pensylvania: Penn UP, *1971. 197-213*.

Gentzler, Edwin. *Contemporary Translation Theories*. London: Routledge, 1993.

Stern, Laurent. *Interpretive Reasoning*. Ithaca: Cornell UP, 2005.

Venuti, Lawrence, ed. "Introduction." *Rethinking Translation: Discourse, Subjectivity, Ideology*. London: Routledge, 1992. 1-17.

王達金、饒曉寧　〈詩歌翻譯與藝術意境〉　*US-China Foreign Language*　Series 46　NO. 7　Vol 5　Jul 2007　頁56-60

岩　上　《岩上八行詩》　臺北市　釀出版　2012年10月

林文月　〈省略的主詞──古典詩翻譯上的一項困擾〉　《中外文學》　第244期　1992年9月　頁22-33

莊柔玉　〈對等與差異──解構詩歌翻譯的界限〉　《中外文學》　第371期　2003年1月　頁215-239

許淵沖　〈譯詩六論〉　《文學翻譯談》　臺北市　書林　1998年　頁275-316

詩與散文的遞延互涉
──論岩上《綠意》的詩性語言造異

陳鴻逸

經國管理暨健康學院通識中心專案助理教授

摘要

　　岩上論及詩作與散文的差異，認為詩的創作較著重語言詞句的鍛鍊、詩境之提昇，散文較自然隨性、歸於本真。相較下，以為散文較不似詩追求「詩性」的表達。以此審觀《綠意》，依然可見隨意外的精心著墨，且不時能夠發現詩與散文間的互涉作用，也就是通過類似主題、情節與語式的排列，找到呼應的聯結。從另一個層面論之，散文亦內含詩性語言，結構夾融了不同課題，卻都具有自我／外在的對話情境，也偶見其語言上的「造異」之特，開展出散文書寫的風貌。因此，本文將透過詩作與散文的對比，勾勒尋覓其文體間的互涉與異反，開拓更多關於岩上的散文研究。

關鍵詞：散文、詩性語言、岩上、互涉

一 前言

岩上（1938-），[1] 本名嚴振興，嘉義人。逢甲學院畢業，曾擔任中國青年寫作協會南投縣分會理事長、《南投青年》月刊總編輯。一九六五年加入笠詩社。一九七六年一月一日岩上與王灝、鍾義明、洪錦章、渡堤、李瑞騰、向陽、李默默等人在南投縣草屯鎮成立「詩脈社」；同年七月創《詩脈》季刊，由岩上主編，至一九七九年三月二十五日停刊，曾於一九九四年擔任《笠》詩刊主編。曾經榮獲第一屆吳濁流文學獎、第二屆中興文藝獎章新詩獎、中國語文獎章、中國文協新詩創作獎等獎項。其作品被選入國內外重要的選集，也被翻譯成多國語文。作品有《激流》、《冬盡》、《臺灣瓦》、《愛染篇》等詩集出版；詩的評論集方面，有《詩的存在》，散文集《綠意》等。

創作歷程來看，岩上曾論及詩作與散文的差異，認為詩的創作較著重語言詞句的鍛鍊、詩境之提昇，散文較自然隨性、歸於本真。兩者相較，以為散文較不似詩追求「詩性」的表達，以此審視《綠意》，依然可見散文書寫隨意外的精心著墨，且不時能夠發現詩與散文間的互涉作用，也就是通過類似主題、情節與語式的排列，找到呼應的聯結。當然要以一本《綠意》作為討論基礎，頗見難度，卻不失以此開展的論述基礎，也就是散文與詩的曖昧聯結。從另一個層面論之，散文亦內含詩性語言，其結構間的敘事夾融了不同課題，卻都具有自我／外在的對話情境，也偶見其語言上的「造異」，開展出散文書寫的風貌。因此，本文將透過詩作與散文的對比，勾勒尋覓其文體

1　筆名岩上始自一九五二年開始，當時作家位於高雄衛武營服役，陸續地創作現代詩，便以岩上作為筆名，原因為常去西子灣岩石上看海，取岩石堅硬不怕海浪沖襲的意志。請參閱岩上：〈綠意〉，《綠意：岩上散文集》（南投市：南投縣文化局，2015年11月），頁129-130。

間的互涉與異反，開拓更多關於岩上的散文研究。

二　書寫的潛抑歷程

　　岩上熟為人知的是詩而非散文，單以數量比就有明顯差距，集結成冊的作品單以散文為主的就是《綠意：岩上散文集》（後稱《綠意》），這和作家啟蒙、喜愛與慣寫的文學類型、語言形式當然有一定關係，誠如《綠意》之〈自序〉談到為何較少創作散文的原因，反思於自己散文寫的不多，集結彙編僅得四十四篇，卻發現其中七篇，曾被選錄於不同散文集裡，和其他知名的散文名家高手並列，例如〈芒草〉收錄在《散文的創作》（聯副名家散文選，聯經1984年版），後被《講義》轉載；還有〈拾金〉收入《人間情分》，〈日本北路四國之旅〉收入《異國情調》，均由李瑞騰主編，由漢光出版。另外還有希代文叢《在心靈深處發音》、晨星文藝的《開放的心靈》《千里寸心》、派色文化的《他的最初》等，使作家理解到若能彙編成集，除了搜整成果也能看到散文呈現的樣貌歷程，雖然如此，他依然自承散文寫得少，故不成氣候。[2]

　　岩上所述固然自謙，實際也坦露出幾個訊息：散文與詩作在數量上的差異、散文在作家心中的份量、散文書寫是否不成氣候？若單就數量而言，以目前集結成冊狀況，散文只《綠意》一集，詩集遠勝於此，故自謙「不成氣候」，實者為書寫起點的差異，他自述：「我一開始就寫詩，不知道詩是什麼？就開始寫詩，也不知道寫詩的難度，就一頭栽進去。寫了幾十年後才寫散文；發表二、三千首的詩，散文才

2　岩上：〈自序〉，《綠意：岩上散文集》（南投市：南投縣文化局，2015年11月），頁6。

發表四十幾篇，就寫作的時間和數量，散文均無法和詩相比。」[3]此段話或可標誌作家的文學啟蒙，似乎決定一位作家以什麼的語言模式（或習慣性）面對外在現象世界。

回顧寫作歷程，岩上在三年師範教育生活中，帶著年少憂鬱的心情度過，卻也因此培養了文學興趣，透過學校的文學課程、圖書館的閱讀，自發性地探索自身與文學對話的基礎，甚至偶爾還餓著肚子用零用錢買文學雜誌，而當時五○年代最知名的《現代詩》、《藍星詩誌》便是作家最愛。[4]同時也開始投入於詩作，例如早期於《新新文藝》發表的〈黃昏〉（1957），便是在年少不識愁滋味的苦悶下，把詩當作最佳的安慰劑，開始擬仿出一些詩句來。[5]但這不表示，岩上初期並沒有接觸詩以外的文類，在初中三年期間，偶爾會看《七俠五義》或是《塔裏的女人》、《北極風情畫》，甚至連郭良蕙的《心鎖》也在閱讀範圍內，[6]但真正地觸動岩上創作類型的還是現代詩。

然就心中對於文類的對比，作家誠然地說，詩的創作較著重語言詞句的錘鍊和詩境的提升；散文則較自然隨興。且詩的意境層次與語言分歧之隔，在散文裡可以不必承擔而適度興會，歸於本真，了無矯飾。也就是作家以散文方式書寫但求真情流露，不像詩講求藝術性的詩性語言的表達。[7]作家區隔出詩與散文在表現上的差異，尤其認為

3　岩上：〈自序〉，《綠意：岩上散文集》（南投市：南投縣文化局，2015年11月），頁6。

4　岩上：〈詩的塗鴉〉，《綠意：岩上散文集》（南投市：南投縣文化局，2015年11月），頁115。

5　岩上：〈詩的塗鴉〉，《綠意：岩上散文集》（南投市：南投縣文化局，2015年11月），頁115。

6　請參閱岩上，〈生活裂縫中綻開一些花朵──我的筆墨生涯〉，頁39；〈綠意〉，頁127。

7　岩上：〈自序〉，《綠意：岩上散文集》（南投市：南投縣文化局，2015年11月），頁6。

詩有其「詩性語言」的特質，單以散文在其心中份量，不是輕重之分而是意境與語言上的差異所致，且「鑑於晚年生活淡素，怕寫的詩作澄淡如水；且有感於從年少到老景有些人生經驗和想法如果用詩法表現，難免有如走鋼索的膽怯和危險。」[8]顯然，在創作歷程裡是有意識地使用不同語言形式，且不斷地思考詩與散文在語言上的分歧，並作最有效地表達。

單就數量、創作歷程以及作家對於散文詞語的界定，似乎可以看見作家的某種慣用書寫姿態、思考偏好，文體承載思想，思想決定面對現象世界的位置，因以詩出發，以詩之精簡的符號語句作為面向外在的介質，就能看到其偏好的原因。可就仔細審閱《綠意》所收錄的散文作品，卻可發現「氣候」之外的景況，即遞延與互涉、詩性語言的再界定論之，下二節分述。

三　遞延與互涉

前述的「不成氣候」，可表示出對於不同文學類型創作上的美學標準，有時非涉數量而是質涵的精準掌握，算是散文內外形態的綜合剖析：一者是散文創作的文本構成、一者是散文內在的哲學思維。前者可以遞延與互涉的概念看見岩上散文的特殊性，後者則可融滲在「詩性語言」的思維當中，此節先討論遞延與互涉。

翻開《綠意》的四輯編目：輯一「拾金」、輯二「吊橋經驗」、輯三「情是何物」、輯四「黑皮膚的亮光」。一半以上篇幅都在追尋過往記憶，且和詩創作經驗有關，如〈生活裂縫中綻開一些花朵—我的筆墨生涯〉、〈詩域的激流〉便是回溯自初中以來接觸現代詩的開端；

8　岩上：〈自序〉，《綠意：岩上散文集》（南投市：南投縣文化局，2015年11月），頁7。

〈烽火與鄉情—童年在嘉義的記憶影像〉、〈大地震，臺灣閃了腰〉等結合在地生活的經驗；〈日月潭的光與美〉、〈綠意〉、〈情是何物〉等篇延伸自其他古典詩、現代詩而創發。一般而言，多數以為是以記錄心情所思、感懷記憶、景象特色為主，然而這也是遞延與互涉的文本製寫。

「遞延」可視為情感與記憶的延伸機制，也包含了精神結構的擬定、安置，甚至是一種「前景」，也就是「潛敘事」（前敘事）的設定，例如〈烽火與鄉情—童年在嘉義的記憶影像〉專門談論故鄉記憶，如「有人說故鄉不一定是出生地或成長的地方，凡是待過的地方都是故鄉。我很贊同這樣的看法，而更深切地說，那裡曾留下生活的經驗和難忘的記憶，以致夢魂牽掛，必有親情在，則故鄉的意味必為深遠。」[9]記憶如同結晶體不斷地召喚作家，在書寫將記憶不斷地延伸，而記憶過渡到文本的基礎，部分來自於情感、結構的變造並賦予意義，若挪借德希達的「延異」概念，通過意義的網絡，交織著不同力量，張顯出張力，並包含著異質的存在，提供於意義不斷地增生（或減損），不斷溯及前語言，追想原初的聲音。[10]「故鄉」構設出記憶的豐富質素，作家可選用最適宜的表達形式呈顯理想的「故鄉」，選用了散文表示著適宜，能夠承續著最理想的狀態，也可以說對於作家當時的書寫情境而言，散文或可能更詩更適切表達情感，這使得文類並非純然優劣之分，而是如何「表述」方是核心。

其次，「互涉」乃挪借巴赫汀、克里斯蒂娃「互文性」概念，指不同文本之間存在著相容性，彼此共存、交疊或是改寫彼此的語句，

9　岩上：〈烽火與鄉情——童年在嘉義的記憶像〉，《綠意：岩上散文集》（南投市：南投縣文化局，2015年11月），頁32。

10　陳雀倩：〈女性書寫的延異與衍異——以羅英、夏宇、顏艾琳詩作為例〉，《問學集》，第9集（1999年6月），頁120-121。

融滲其中，使得文本沒有「原初」與「純粹」，都是其他文本的再製品、編製物。互文性一方面脫出新批評以來的「文本自足」的有機體、整體性概念，另一方面也使得文本向著不同媒介（如影像）、文化開放，交織出更多元的文本。但就反面或解構性來看，也代表再製／再置的動態模式，是語言鑲嵌「在此」的肯認，卻又期予反叛的遊戲、擬仿的嘲弄、反思，也是對「原本就存在」文本的解構。例如〈日月潭的光與美〉提到：

> 清康熙三十二年（一六八四）諸羅知縣季麒光著《臺灣雜記》中記述：「水沙連在半線東山中……」，「水沙連」為日月潭最早名稱自此始。清道光元年（一八二一年）鄧傳安寫〈游水裡社記〉文中記：「其水不知何來，瀦而為潭，長幾十里，闊三之一，水分丹碧二色，故名為日月潭。」（略）我們很好奇，日月潭早期潭水，怎會分成丹碧兩色？依現日月潭水，日潭與月潭均是碧波盪漾，一色汪洋，如果分成丹碧二色，是否比較美麗呢？
> 日本大正時代著名作家佐藤春夫於大正十年（一九二一）遊日月潭所寫的〈日月潭遊記〉說：「月潭這一邊，水呈赤茶色，濃且濁……。日潭方面的水則是很綠──不過，日月潭和我想像的景色可是大異其趣。……浮現在我面前的，並不是周圍四里餘的大湖，而只是個出奇地大的沼澤。」原來潭水分、碧二色是如此的。日本的作家觀察和本地詩人的對鄉土的觀照應該多帶一些理性的知覺吧！[11]

11 岩上：〈日月潭的光與美〉，《綠意：岩上散文集》（南投市：南投縣文化局，2015年11月），頁104-105。

　　從散文創作來看，挪借古典詩人、日本作家作為討論文本，形成了互文關係。但這裡還包含了解構意向，一是干擾二是創異變新，從文本脈絡來看，是對於前文本的再議，翻動了過去對於日月潭二色的記述。從古典詩人、日本殖民時期作家的所見所聞，一方面挪借舊有的歷史脈絡，再提出在地經驗的對比，形成對話且構製為新的文本。

　　或如〈綠意〉裡頭談到紀弦〈第一首公園都市號外〉：

> 日子綠起來了哇！
> 剛落成的公園都市，
> 開深綠、淺綠和橄欖綠的玫瑰花；
> 而滿載情書的郵政飛機之舞，
> 乃是七拍半的華爾茲和九百零一分音符的速度。
>
> 哦！日子
> 怪新鮮地綠起來了；
> 公民們以生番茄為選票，選舉大總統；
> 我用詩納稅，飲綠星、綠太陽的酒。[12]

　　「綠」顯然不是單純的色塊，在岩上看來，若不用綠而用紅，雖然不致更改詩意卻可能遭受政治迫害，「色，本無意無體，而他依附在自然事物呈露的現象被有意接受轉向時，卻成為有特別意義的象徵。就以紅、藍、綠三種顏色在海峽兩岸與本島近代史上，就以其旗幟呼喊喧騰的勢態，歷經過多少選舉交戰！這是紀弦五十多年前，呼

---

12 岩上：〈綠意〉，《綠意：岩上散文集》（南投市：南投縣文化局，2015年11月），頁128。

喊『深綠的玫瑰花萬歲！』所無法想像和預知的！」[13]在散文裡織入「詩作」，也是文本與文本的對話，應視為互涉之下對於現當代政治的隱喻，表達出作家對於現實社會的諸多觀想。

　　岩上之散文包含關懷現實、自我記憶的重整，更多是對於現代詩創作的省思。單純以岩上散文來說，似為文類展現形式之一，放大來看，其文本應具有審視背後文化脈絡、社會趨向的節點，它像是緊密網絡下的聚集縫合之一處。《綠意》透向的不僅為與詩作與散文的互涉，也參照了多元取徑的文學、文化文本，當然從遞延與互涉角度來看，是全然包容承繼或有「差異」存在，「差異」是結構上的差異？美學上的差異？或者是「遞延效果」扯開之差異？從潛敘事來看，敘事本就是一種表述及說法，代表了一種文字在閱讀上的粘著效果，從心理層次、記憶層次都無法否定（或抹除）上面的印刻跡痕，斷斷續續地顯露出來，這使得「重寫」、「改寫」或抹消再寫，都重新賦予了深刻印記。

四　詩性語言的造異／藝

　　如前論之，詩似乎具備較強的藝術性及詩性。然而詩性語言究竟適不適用於散文，對此或可以「詩性語言」視為作家的思想意向與表述方式。「詩性語言」不是說以詩代文或以詩入文，也不應單純指著現代詩類型，而應指著散文的書寫夾含著「詩性」特質，從創發、書寫呈現、擬仿改造等，都含「詩性」的前瞻構設，使其書寫能夠上升契合於哲學思考的層次。個人以為這隱約又與作家習練的太極拳得以扣合：

---

13 岩上：〈綠意〉，《綠意：岩上散文集》（南投市：南投縣文化局，2015年11月），頁129。

我體會太極拳可入道，不是為成仙成佛，而是入我個人之詩
道。太極拳的精神來自老莊柔的觀察，老子道德經四十三章：
天下之至柔，馳騁天下之志堅。實在找不到理論根據，我在太
極拳的應用上才體會出具體的經驗。太極拳的原理在於陰陽虛
實的變化，根據於易理的變動邏輯。太極生陰陽，陰陽生四
象，四象生八卦，而致千變萬化。

鬆柔之前提在於靜定，因靜定使我詩思清晰明辨；因陰陽虛實
變化，使我考慮詩的意旨正反多面與結構圓整。古代詩人喜以
詩寓禪，也以禪入詩；而我卻以詩寓太極，以太極的變易入
詩，而至於迷戀悸動。

基本上，我的文學觀崇尚現實主義，從生活經驗中取材但不排
除現代主義的表現手法，包含超現實主義。太極拳是一種非常
重視扎根的運動，講究下盤的穩健，兩腳踏實於大地，它的拳
架手法剛柔並濟，並不虛晃耍弄花招，實在很合乎我的詩觀美
學。太極拳是一種曲中求直；圓中求定的武術，非單一直線披
露的力學，其對等、對應、對比及交錯的手法，讓我領悟詩中
多層面向的意涵與意指延伸的考量。[14]

　　上述偏向於其詩觀的展現，其文學觀亦可視作為整體性創作思
考。散文體式的「詩性語言」不單停於追求散文中鑲嵌「詩」的淺白
要求，而是近乎於一種「納入」，「納入」並不是毫無保留地接收、鋪
置原有詩句，而是如同前述遞延互涉概念，從整體裡頭看見了某一種
對於語言的創新、摧毀及再超越。使散文的書寫不會單依循某些主題

---

14 岩上：〈詩與太極拳〉，《綠意：岩上散文集》（南投市：南投縣文化局，2015年11
　月），頁133。

中而不變，反而呈現思維與書寫皆得以並置獨立化的歷程，一種意旨多向正反與結構平衡的展現。

此外這種寓太極、以太極變易的概念，也是對於「道」的領悟，通向了「詩性」之途，也就是如何思考、為何思考、思考什麼的要旨。這使得「詩性」應有幾個面向：意識生命存在、拋擲問題的可能性、牽掛他者的現實作用。

首先，意識生命存在是人們一生下來就需面對的課題，卻也是通往生命旅途難以忽視之大事，故詩性可以成就出通往生命存在的自我意識，也就是人們開始對於時間臨來的鬆緊關係。何以「鬆」？乃是對於生命情境的確認，存在對自我意識的詭異挑戰在於，因為自身臨在，使得自我得以理解存在是一件「真實不過的事」，所以「活著」便毋需擔心，這卻使得「緊」的關係再來，因為人們得以透過他者的死亡理解「存在」的價值與瀕解的各種可能性，所以存在便隨時會脫離掉我們的思考之外，死亡之內無以思考存在，鬆與緊的雙升關係，使得存在的張力一再地被撐結著，任何在「死亡—存在」端點間流述的各種可能性就降落在此。類似課題岩上詩作不少，散文作品因數量少故篇幅不多，卻依舊可見關懷，例如《綠意》開卷第一篇〈拾金〉：

> 人都怕死，怕見死後的屍體或骷髏，可是今天這麼多人面對自己親人的遺骨，沒見有人哭。但在我記憶裡，童年時母親常帶我到父親墳前祭拜，每次母親都呼叫著父親的名字，哭得淚涕縱橫，哀傷沉吟，我只是叫著母親不要哭不要哭。父親在我的印象裡是那麼模糊啊！像片片的骷骨，無法整合。[15]

---

15 岩上：〈拾金〉，《綠意：岩上散文集》（南投市：南投縣文化局，2015年11月），頁3。

　　挖開墳墓取出遺骸，重新擇地埋葬叫做啟攢、俗稱「拾金」[16]，文中描述的是要將父親重新擇地安葬。民俗儀式的啟動正是對於親人思念的撥動，母親對於父親的思念在那一刻又重新燃點了起來，也啟動了作家對於「死亡」議題反思。就他而言，死亡伴隨著難過哭泣，憑弔再憶的便是親人不在的遺憾哀吟。

　　拾金儀式是再憶的旅程，即便父親在作家印象中逐漸模糊，可親屬間的聯繫還是無忘割捨掉，直到下一幕，讓作家與父親更靠近了：

> 把父親的遺骨，片片撿拾裝入早已準備好的大理石罐子裡，用布包妥，我要把它帶走。父親早逝，拋下可憐的母親和嗷嗷待哺的我一群兄弟姊妹，什麼也沒留下，只有這一罐白骨。
>
> 抱著父親的骨灰，離開朴子輾轉換車，春日的暖風徐徐，令人沉沉欲睡，我曾經在父親的懷裡睡過嗎？記憶裡一片空白，而此刻父親就在我的懷裡，我也在他的懷裡中，希望遷移就近的公墓後，我能經常靠近他。
>
> 車子越過北回歸線，越過濁水溪，繼續像火炎山麓奔馳。[17]

　　死亡看似很近，讓人不得不隨時提醒這是每個人必然面對的事實，對於現世現存的人們而言，如何看待死亡（或看待死亡的人）的瞬間便進入了「存在」的焦慮，而這種焦慮會讓人更看重活著、或看重需要珍惜的一切。

　　第二便是拋擲問題的可能性，積極的文學使命在於反映現實、介

---

16 岩上：〈拾金〉，《綠意：岩上散文集》（南投市：南投縣文化局，2015年11月），頁2。

17 岩上：〈拾金〉，《綠意：岩上散文集》（南投市：南投縣文化局，2015年11月），頁4。

入現實、改造現實困境，除此之外，深化問題或強化問題意識的重要，將使書寫變得更為不同。散文提升的層次在於，展露在語言端點，那是一種對於「問題意識」的通道，也就是觸發問題意識的「觸點」，失卻了這樣的問題意識，後續書寫也將無以為繼，便是「詩性語言」的特殊性，如〈流水意象〉：

> 流水的本質並非頑戾的象徵，它的願望永遠嚮往平靜的，但流水的命運似乎永無平靜的時刻。它的生命是一股無法歇腳的幽魂，但流水自己了解這些自我的意義嗎？或與流水就像生命的本體原是個永遠無法探究的謎。
> 凝視一道流水，宛如正是一股脈注的生命。
> 拙夫如我者，曾溯流而上，沿水流之迂折，岩石峭壁之壟斷，想探求流水涓滴泉湧的乳源而終究悵然不可得。
> 泉水如何湧現成脈？水脈如何生成流？
> 畢竟源頭是一個空無而混沌的課題，也許這些只有造物主才能清楚吧！
> 根源的探索，原本是冒險的行徑，亡羊的歧路又令我們迷途不知所往。[18]

〈流水意象〉不直接寫流水，不執著於物的景象描述，而是走向拋擲問題的形式，從流水與生命本體的對應關係、源頭究竟是什麼、造物主的作用何，都令「我們」迷途不知所往，其實就是一種直向本質的探問。也使得文章不執著於現實世界的景物，反而透向背後的本質，以智慧探詢的力量激動開來，使詩性聯結著知識與智慧。

18 岩上：〈流水意象〉，《綠意：岩上散文集》（南投市：南投縣文化局，2015年11月），頁56。

　　然而不管是探詢存在的意義、生命背後的本質論，莫不可忘卻現世中對他人的關懷，對於牽掛他者、凝視他者的彼此作用，進出在主客觀的視點裡，詩性語言透過問題意識。一般是以同理、同情或批判作為代稱詞，但由於「牽掛」他者，他者與自我聯結深刻，於是乎就成為一種「與世同存」的生活姿態。岩上〈情是何物〉就非深刻地點出「情」是非具象可釐清之物，但從感受動物、他人的生死可深知「情」的動能所在，文中提及，金元好問有一首極有名的調寄邁陂塘的雁丘詞序云：「大和五年乙丑歲，赴試并州，道逢捕雁者，云：『今日獲一雁，殺之矣。其脫網者，悲鳴不能去，竟自投於地而死。』予因買得之，葬之汾水之上；累石為識，號曰雁丘。」於是寫下三首詞，其中一首即是如下：「問世間，情是何物？直教生死相許。天南地北雙飛客，老翅幾回寒暑，歡樂趣離別苦，就中更有癡兒女，君應有語，渺萬里層雲，千山暮雪，隻影向誰去？橫汾路，寂寞當年簫鼓，荒煙依舊平楚。招魂楚些何嗟及？山鬼暗啼風雨。天也妒，未信與，鶯兒燕子俱黃土。千秋萬古，為留待騷人，狂歌痛飲，來訪雁丘處」。[19]

　　從雁聯結到一夫一妻的情感，情之哀怨漫開，故對應於人之情感流露而呈現善美，也激化出人性的力量。這種看待他物視同自身，從物、人的情感投射，皆反應著對於世間萬物的牽念，透向人物之間、人人之間的互為聯繫，也是一種與世同存的深刻感動。

　　「詩性語言」是否單屬於現代詩所有，個人以為絕對不止，岩上的散文作品中依然保有「詩性」的內外關懷、智慧與知識的展現，因為詩性語言除了語言結構的美學要求，也應涵蓋高層次的哲學思維，相信《綠意》裡頭處處皆能遍尋類似跡痕。

---

19 岩上：〈情是何物〉，《綠意：岩上散文集》（南投市：南投縣文化局，2015年11月），頁136。

五 持續寫著的路上（代結語）

　　單評述一本《綠意》，可能陷入單向批評、無法縱向／橫向比較，或無法完整勾勒岩上的散文理念。再者，詩與散文分列不同操作語式，就有不同的美學觀點，以詩評（散）文縱有可觀，卻更期待作家持續投入散文創作，縱如作家言之，起步慢但對於文學鑲於人生、景物、社會的意向，應不會輕易地變動。

　　統合來說，《綠意》探見岩作創作的微妙風景，一者可從敘事性、段落化的描述，找到更多訊息，雖然不似詩有其精簡的符號特質，依然表述著某種面對自我內在、外在世界的姿態，且段落化描述，在遞延與互涉的交織中，打開了另一條詮釋岩上現代詩的取徑，使我們更逼臨詩的核心思維、創作動機，在意指（signified）與意符（signifier）多向變異指涉，找到存在的意義或與詩人更靠近的可能。

　　其次，《綠意》內的不同輯別展現散文體式、內容的多樣性，從描繪心情、景物、紀載個人成長史，再到旅遊文學性質的敘事，岩上從散文體式中開展出的不同風貌，也是現代詩的文學類型外值得一觀的原因。散文絕非只是單純的寫「我」，也可寫「我之外」的諸多人事物，使得散文有著更多介入現實的方式，或者以不同技法探見散文語言美學，如前述「詩性語言」，從生命基點、問題意識的拋擲，或是遞延互涉的文本織絡，岩上的散文書寫展現出生命與語言交觸的特殊性，是值得再三品味的。最末，也是一種期盼，盼作家岩上能夠在現代詩無法言喻之外，投注於散文書寫，即便是「散步」[20]依然看其

---

20 岩上自述：「鑑於晚年生活淡素，怕寫的詩作澄淡如水；且有感於從年少到老景有
　　些人生經驗和想法如果用詩法表現，難免有如走鋼索的膽怯和危險。誠如法國名詩
　　人梵樂希的比喻說：詩是跳舞；散文是走路。年紀漸大，馬齒徒長又脫落，還想舞
　　動起來嗎？放慢腳步或能在森林裡、溪畔或是田野小道上走路散步，也是挺好的

優雅與生活品味。

　　因此，過去讀者可以認識詩人岩上，在此之外也許更該認識「如何散文」的岩上。

呀！」請參閱岩上：〈自序〉，《綠意：岩上散文集》（南投市：南投縣文化局，2015年11月），頁7。

參考書目

岩　上　《綠意：岩上散文集》　南投市　南投縣文化局　2015年11月

岩　上　《詩的特性：岩上現代詩評論集》　南投市　南投縣文化局　2015年11月

趙天儀等著　《岩上作品論述第一集》　南投市　南投縣文化局　2015年11月

陳明台等著　《岩上作品論述第二集》　南投市　南投縣文化局　2015年11月

大街‧洛吉（David Lodge）　《小說的五十堂課》　臺北市　木馬文化出版社　2006年12月

蒂費納‧薩莫瓦著　邵煒譯　《互文性研究》　天津市　天津人民出版社　2003年1月

陳雀倩　〈女性書寫的延異與衍異──以羅英、夏宇、顏艾琳詩作為例〉　《問學集》　第9集　1999年6月　頁117-136

「在現實的裂縫萌芽──岩上學術研討會」後記

李桂媚

　　一九三八年九月二日出生的岩上（本名嚴振興），從一九五七年在《新新文藝》發表生平第一首詩作〈奔流〉開始，持續創作至今，創作文類橫跨論述、現代詩、散文及兒童文學。出版有詩集《激流》、《冬盡》、《臺灣瓦》、《愛染篇》、《岩上八行詩》、《更換的年代》、《針孔世界》、《漂流木》、《另一面》、《變體螢火蟲》；童詩集《忙碌的布袋嘴》；詩評論集《詩的存在》、《詩的創發》、《詩的特性》；散文集《綠意》等。

　　岩上一九七六年與王灝等人合組「詩脈社」，創刊南投詩人為主的《詩脈季刊》，除了主編《詩脈季刊》，也曾擔任《南投青年》月刊總編輯、《笠》詩刊主編、臺灣兒童文學學會理事長。岩上曾獲第一屆吳濁流文學新詩獎、中興文藝獎章、中國語文獎章、中國文協新詩創作獎、南投縣文學獎、榮後臺灣詩人獎等肯定，也被簡政珍譽為「《笠》詩刊最重要的詩人之一」。

　　二〇一八年適逢岩上八十壽慶，特訂於生日前夕在南投縣政府文化局圖書館國際會議廳為他舉辦學術研討會，由國立臺灣文學館、南投縣政府主辦，臺灣詩學季刊社、南投縣政府文化局承辦，邀集跨世

代評論家與詩人，從詩人的現代詩美學、詩學論述、散文創作等面向切入，爬梳詩人筆耕一甲子的文學成就，向詩人致敬，同時獻上生日祝福。

　　詩人岩上曾經擔任《南投青年》、《笠詩刊》等刊物編輯，一直很鼓勵年輕世代發表作品，因此在他編輯的詩刊裡，可以看到不同世代的詩人，展示屬於他們的風格。正因為岩上樂於提攜後進的特色，所以「在現實的裂縫萌芽：岩上學術研討會」，設定以青年詩評家為主力，如果以戰後一九四五年為起點，十年區分為一個世代的話，那麼戰後第四代，大約落在一九七五年到一九八五年間出生這個區段，臺灣詩學為大家邀集到——從高中時期就屢獲文學獎定的徐培晃，曾獲鄭南榕研究論文、全國學生文學獎、林榮三文學獎等獎項的葉衽楓，二〇一八巫永福文學評論獎得主陳瀅州，《吹鼓吹詩論壇》主編李桂媚，曾任《風球詩雜誌》總編輯、《詩評力》主編的謝三進，被譽為「文學羽球手」的陳鴻逸……這群戰後第四代的詩評家，都是創作與詩評論並進的新秀，過去對於岩上現代詩或是笠詩社，也都有所關注與研究。

　　另一方面，研討會邀請到同樣曾任《笠詩刊》主編、比岩上略為年輕的莫渝，還有岩上的小女兒嚴敏菁，以及國立臺灣文學館「臺灣文學地景閱讀與創作 App」計畫主持人、跨足現代詩創作、翻譯、數位文學等領域的陳徵蔚，期待透過九篇涵蓋現代詩、童詩、散文、詩論等不同面向的論文，從跨世代、跨領域的角度切入，爬梳詩人岩上筆耕一甲子的文學成就。

　　研討會上午特別安排南投重量級作家李瑞騰教授專題演講，講題為「在高岩之上高唱自己的歌」；下午的座談會則邀請到廖永來、向陽、林廣、蔡榮勇、陽荷五位詩人，與大家分享他們與岩上的文學因緣。

作者簡介

徐培晃

　　國立中興大學中國文學系博士，現為逢甲大學國語文教學中心助理教授，從高中時期即不斷參加國內各項文學獎比賽而屢獲佳績，於新詩、散文、小說皆有所涉獵，二〇一二年出版個人首部詩集《火宅》，是創作與評論雙棲的文壇新生代新星。

嚴敏菁

　　筆名岩青、岩錦，現就讀國立暨南大學中文系博士班，作品曾收入《南投文學記遊》四、五輯、《巡禮草鞋墩》、《草鞋墩鄉土事》等書。參與南投縣文化局「向大師致敬系列——岩上詩人珍貴手稿及文學資料保存計畫」，曾獲玉山文學獎散文組新人獎。

陳瀅州

　　國立成功大學臺灣文學博士，現任國立雲林科技大學兼任助理教授，曾任靜宜大學臺灣研究中心專案研究員。研究範圍為臺灣新詩史、香港新詩史、現代詩學、臺灣文學史。曾獲巫永福文學評論獎、國史館臺灣文獻館獎勵出版文獻書刊、國藝會調查研究補助、建成臺文獎、臺灣研究優良博碩士論文獎助、臺灣文學研究論文獎助、府城文學獎文學評論獎、鳳凰樹文學獎文學評論獎與新詩獎等獎項。著有《戰後臺灣詩史「反抗敘事」的建構》、《七〇年代以降現代詩論戰之話語運作》。

李桂媚

彰化縣人，中國文化大學印刷傳播學系工學士，國立臺北教育大學臺灣文化研究所文學碩士，《吹鼓吹詩論壇》主編，現服務於大葉大學。榮獲一○六年教育部閩客語文學獎閩南語縣代詩社會組第二名，著有報導文學集《詩人本事》、詩集《自然有詩》、論文集《色彩・符號・圖象的詩重奏》。發表有學術論文〈論王厚森現代詩的重複美學〉等十餘篇，並曾為《逗陣來唱囡仔歌Ⅰ、Ⅳ》、《親近作家・土地與人民》、《番薯園的日頭光》、《向課本作家學習寫作：用超強心智圖解析作文》、《愛上寫作的11種方法》等書繪畫插圖。

莫　渝

本名林良雅，一九四八年出生苗栗竹南中港溪畔，現居北臺灣大漢溪畔。淡江大學畢業。曾任出版公司文學主編《笠》詩刊主編。長期與詩文學為伍，閱讀世界文學，關心臺灣文學。著有詩集《第一道曙光》、《革命軍》、《走入春雨》；臺語詩集《春天百合》、《光之穹頂》。散文與評論《走在文學邊緣》、《臺灣新詩筆記》、《臺灣詩人群像》、《臺灣詩人側顏》、《笠詩社演進史》；《法國詩人二十家》、《波光瀲灩──二十世紀法國文學》等。翻譯《法國古師選、十九世紀、二十世紀詩選》三冊、《異鄉人》、《惡之華》、《比利提斯之歌》、《小王子》、《白睡蓮──法國散文詩精選》、《偶發事件》、《石柱集》等。

謝三進

國立臺灣師範大學臺灣文化及語言文學研究所碩士，現任職ETtoday 新聞雲。詩作曾收錄於二○○九、二○一三、二○一四臺灣詩選，出版詩集《到現在為止的夢境》、《花火》、《假設的心臟》，主編《臺灣七年級新詩金典》、《我們所說的這個名字──然詩社兩周年

作品輯》。曾任噴泉詩社社長、波詩米亞文藝工作室企劃組長、然詩社社務委員、《風球詩雜誌》總編輯、《詩評力》主編、《兩岸詩》創刊號主編、創世紀詩社社員、文學評論電子月刊《祕密讀者》成員。現為東吳大學光年詩社指導老師。

葉衽榤

國立臺灣師範大學臺文所博士，研究曾獲李江卻臺語文教基金會阿卻賞、鄭南榕研究論文佳作；評論曾獲國家文化藝術基金會藝評臺文學類獎項；創作曾獲林榮三文學獎、全國學生文學獎、臺中文學獎、磺溪文學獎、桐花文學獎、基隆海洋文學獎、浯島文學獎、馬祖文學獎等獎項，詩作曾入選《火煉的水晶　二二八臺語文學展》。

陳徵蔚

國立中山大學外文系學士，國立政治大學英文系碩士，國立政治大學英國語文學系文學組博士，現為健行科技大學應用外語學系副教授。是臺灣最早投入電腦文化、數位文學、網路文學與媒體研究的學者之一，二〇一四、二〇一五年擔任國立臺灣文學館「臺灣文學地景閱讀與創作 App」計畫主持人，開發臺灣首創文學行動閱讀 App。

陳鴻逸

國立彰化師範大學國文博士，現為經國管理暨健康學院通識中心專案助理教授，曾發表學術論文〈從曾貴海《山風海情》談圖像／詩之間的閱讀取徑〉、〈煙聲語・世間情——論康原的散文美學與實踐意向〉、〈論莫那能《一個臺灣原住民的經歷》的敘事意涵〉、〈區域文學的建構與想像——以黃基博的兒童文學實踐為例〉、〈「對話」與「聯結」：論《綠島家書》到《壓不扁的玫瑰》的敘事語境〉等。

文學研究叢書・現代詩學叢刊 0807018

在現實的裂縫萌芽：岩上學術研討會論文集

主　　　編	蕭蕭、李桂媚	
責任編輯	呂玉姍	
策　　　畫	明道大學國學研究中心	
	臺灣詩學季刊社	
發 行 人	陳滿銘	
總 經 理	梁錦興	
總 編 輯	陳滿銘	
副總編輯	張晏瑞	
編 輯 所	萬卷樓圖書股份有限公司	
排　　　版	林曉敏	
印　　　刷	百通科技股份有限公司	
封面設計	斐類設計工作室	

發　　　行　萬卷樓圖書股份有限公司
　　　　　　臺北市羅斯福路二段 41 號 6 樓之 3
　　　　　　電話 (02)23216565
　　　　　　傳真 (02)23218698
　　　　　　電郵 SERVICE@WANJUAN.COM.TW
香港經銷　香港聯合書刊物流有限公司
　　　　　　電話 (852)21502100
　　　　　　傳真 (852)23560735

ISBN 978-986-478-291-8
2019 年 9 月 2 日初版
定價：新臺幣 320 元

如何購買本書：

1. 劃撥購書，請透過以下郵政劃撥帳號：
　　帳號：15624015
　　戶名：萬卷樓圖書股份有限公司
2. 轉帳購書，請透過以下帳戶
　　合作金庫銀行　古亭分行
　　戶名：萬卷樓圖書股份有限公司
　　帳號：0877717092596
3. 網路購書，請透過萬卷樓網站
　　網址 WWW.WANJUAN.COM.TW

大量購書，請直接聯繫我們，將有專人為
您服務。客服：(02)23216565 分機 610

如有缺頁、破損或裝訂錯誤，請寄回更換

版權所有・翻印必究

Copyright©2019 by WanJuanLou Books CO., Ltd.

All Right Reserved　　　　　**Printed in Taiwan**

國家圖書館出版品預行編目資料

在現實的裂縫萌芽：岩上學術研討會論文集
/ 蕭蕭, 李桂媚主編. -- 初版. -- 臺北市：萬
卷樓, 2019.09
　　面；　公分. -- (文學研究叢書. 現代詩學叢
刊；807018)
ISBN 978-986-478-291-8(平裝)
1.嚴振興 2.臺灣詩 3.詩評 4.文集
863.21　　　　　　　　　　　　108008344